O Outro Gume da Faca

Diretor editorial	Fernando Paixão
Editora assistente	Carmen Lucia Campos
Coordenadora de revisão	Ivany Picasso Batista
Revisora	Cátia de Almeida
ARTE	
Editor	Marcello Araujo
Diagramadora	Thatiana Kalaes
Editoração eletrônica	Zin Pan Editoração Eletrônica & Designers LTDA.
Ilustração de capa	Victor Burton

O texto "O outro gume da faca" pertence à obra *A faca de dois gumes*, trilogia de novelas de Fernando Sabino, publicada pela Ed. Record.

CIP-BRASIL. CATALOGAÇÃO NA FONTE
SINDICATO NACIONAL DOS EDITORES DE LIVROS, RJ

S121o
6.ed.

Sabino, Fernando, 1923-2004
O outro gume da faca / Fernando Sabino. – 6.ed. – São Paulo: Ática, 2008
88 p. : - (Fernando Sabino)

Apêndices
Inclui bibliografia
Contém suplemento de leitura
ISBN 978-85-08-10708-7

1. Sabino, Fernando. I. Título. II. Série.

06-630 CDD 028
CDU087.5

ISBN 978 85 08 10708-7 (aluno)
CL: 735793
CAE: 241775

2022
6ª edição
10ª impressão
Impressão e acabamento: Forma Certa

O Outro Gume da Faca

Fernando Sabino

editora ática

Para Além do Crime

Fernando Sabino *Entrevista*

— Que vem a ser este seu livro *O outro gume da faca?*

— É uma novela — muito embora hoje em dia a designação nem sempre se refere a um gênero literário entre o conto e o romance, confundida pelo grande público com novelas de televisão. Junto com *O bom ladrão* e *Martini seco*, já lançadas pela Editora Ática, compõe uma trilogia do amor, intriga e mistério sob o título *A faca de dois gumes*.

— E qual é a faca de dois gumes?

— É o motivo de um conflito conjugal que redunda em crime.

— Esta novela, como as outras duas, poderia ser classificada no gênero policial?

— Não creio, embora sob o elemento psicológico que lhe dá dimensão literária os componentes do gênero policial aí estão: crime, investigação, mistério, suspense, assassinato, suicídio. Só que nas histórias policiais em geral já se sabe qual é o crime e procura-se descobrir o criminoso. No caso desta novela e das outras duas pode-se dizer que se passa o contrário: o criminoso é conhecido, o que se procura descobrir é que espécie de crime cometeu — se é que cometeu.

Entrevista

— No decorrer da história, todavia, fica claro ter havido um crime: a dúvida quanto à culpa desse crime exclui a existência de um culpado?

— Esta dúvida é que faz com que a novela transcenda os limites do gênero policial, como acontece com outras obras literárias cuja trama se desenvolve em torno de crimes. Haja vista *O crime do padre Amaro*, de Eça de Queirós, por exemplo, ou *Crime e castigo* e outros romances de Dostoiévski, para ficar apenas nesses dois mestres da literatura, sem nenhum termo de comparação, é claro. De quem é a culpa? Do criminoso ou da sociedade que o induziu ao crime?

— Qual é o sentido mais profundo desta sua obra?

— O sentido mais profundo — o outro gume da faca — é o da culpa, a partir da frase atribuída a um dos personagens: não adianta saber de quem é a culpa, se você não souber que ela é sua.

— Não soa muito ambíguo? Explique isso melhor.

— A novela lida justamente com a ambiguidade no comportamento da natureza humana: do homem, da mulher e da relação de um com o outro. Nada mais ambíguo que a consciência de nossa culpa, como condição preliminar para a descoberta da culpa alheia. Às vezes é preferível não saber, pois quem sabe há de pagar pelo crime de ter sabido pouco. O melhor seria aceitar o conceito do verso de T. S. Eliot, também citado numa das novelas: "Aquilo que não sabes é tudo que sabes". Ou o verso de Mário de Andrade: "Eu sei que tu sabes o que eu nem sei se tu sabes...".

— A trama de *O outro gume da faca* apresenta situações paradoxais: o filho que assume a culpa do pai, por exemplo. Ou o marido que, para surpreender a mulher com o amante, elabora um álibi tão perfeito que dele não consegue mais escapar.

Entrevista

— Esta é, aliás, uma ideia que tomei emprestado a Simenon, a quem presto homenagem num acróstico ao fim de um dos capítulos — o leitor que trate de descobrir mais este pequeno mistério. As situações parecem paradoxais, absurdas, contrárias ao bom-senso, e no entanto são no fundo perfeitamente normais, inseridas no inconsciente de cada um. Poderiam se dar com qualquer de nós.

— E onde fica a verdade, afinal?

— Para mim, fica além dos limites da realidade, lá onde só a imaginação alcança. Como o tabuleiro de damas, que não é preto com quadrados brancos nem branco com quadrados pretos, mas de outra cor com quadrados pretos e brancos: sob a aparência que se oferece aos nossos olhos, oculta-se outra cor: a da ambiguidade, da ambivalência, da dubiedade, no comportamento da contraditória natureza humana. Principalmente nas relações conjugais.

— Como os seus demais livros, *O outro gume da faca* é também inspirado numa experiência pessoal?

— Tudo que se escreve, pelo menos no meu caso, decorre de uma experiência pessoal. Não matei ninguém nem me suicidei — pelo menos até prova em contrário. Mas haver recriado essa experiência na imaginação pode significar a purgação de minha culpa, sendo eu, como todo mundo, inconscientemente, um criminoso em potencial.

— Como todo mundo?

— Como todo mundo, em todos os tempos. Com uma única exceção, aliás enfatizada no meu livro *Com a graça de Deus*: Jesus Cristo. E esse, por causa disso, olha só o que fizeram com ele...

Ai daquele que sabe: há de pagar
pela culpa de ter sabido pouco.
Soren Kierkegaard

1

Alegando que, na sua ausência, as crianças entravam à vontade no escritório e mexiam em tudo, Aldo Tolentino ultimamente dera para trancar a porta à chave ao sair para o trabalho.

Naquela manhã, todavia, teve antes o cuidado de soltar o trinco da janela que dava para a varanda, deixando-a apenas encostada. Depois voltou ao quarto, despediu-se de Maria Lúcia, ainda na cama, e foi para a cidade.

— Dr. Marco Túlio pediu que o senhor falasse com ele assim que chegasse — preveniu Dona Mirtes, tão logo ele entrou.

Passou à sala do colega de escritório, bem mais ampla e confortável que a sua. Mas não tinha de que se queixar — era o outro quem mandava e fizera muito em acolhê-lo ali. Para um homem de sua idade, a advocacia forense ia se tornando atividade cansativa e nem sempre compensadora. Aldo se dava por feliz: sem aquela oportunidade, teria de contar mesmo era com os inventários cada vez menos rendosos. Marco Túlio tivera mais sorte, conquistando bons constituintes fixos, cujas causas às vezes partilhava com ele.

— Boas notícias, meu velho: a Financeira de São Paulo vai mesmo fechar conosco. Pediram que eu desse um pulo lá, mas estou pensando em mandar você no meu lugar.

Surpreendido, Aldo não pôde deixar de sorrir:

— Não acha meio arriscado?

— Não acho não. Você está tão a par do assunto quanto eu. Tem experiência, isto impõe respeito — e o outro também sorriu, jovial: — Pelo menos tem ar mais respeitável do que eu.

De fato, parecia haver mais de dez anos de diferença entre os dois. Aldo, cabelos grisalhos, alto e meio curvado, ar grave e gesto contido; Marco Túlio um pouco mais baixo, mas desenvolto, bem-vestido, queimado de sol, aparência esportiva:

— Podíamos ir os dois, mas não convém dar a impressão de que estamos tão interessados assim. O que você deve fazer é ouvir calado o que eles têm a propor. Mostre-se interessado, mas não além da conta. Tome nota de tudo e diga que precisa primeiro trocar ideias comigo. Você volta e eu entro na jogada.

Consultou a sua agenda:

— A reunião é depois de amanhã, quinta-feira, às nove horas da manhã, no próprio Banco. É bom que você vá amanhã mesmo, na parte da tarde, para não correr o risco de chegar atrasado. Pode haver outras reuniões, e neste caso você fica por mais dois dias, três, o tempo que for preciso. Não será mau cozinhar um pouco, para que eles façam a melhor proposta possível. Você vai me telefonando e contando lance por lance. Já falei com Dona Mirtes para reservar hotel e mandar apanhar a passagem na ponte aérea para o voo de amanhã às cinco horas. Ou você prefere ir mais cedo?

— Cinco está bem. Podia até ir mais tarde. Não tenho o que fazer à noite em São Paulo.

— Mais tarde é meio arriscado. O aeroporto lá costuma fechar por falta de teto. Não podemos perder essa reunião quinta-feira de jeito nenhum.

Aldo se conformou:

— É até bom. Eu estava pensando em ir amanhã à noite ao jogo no Maracanã. Vejo pela televisão, é mais cômodo.

Depois de acertar os detalhes da viagem com Dona Mirtes, Aldo recomendou:

— Por favor, diga a minha mulher ou a quem me telefonar que estou no foro. Tenho um julgamento, vou passar o dia lá.

Saiu, mas em vez de ir para o foro, que ficava a poucas quadras dali, tomou um táxi e mandou seguir para Botafogo. Saltou na esquina de uma das primeiras transversais da São Clemente. Sua casa era logo ali, à direita, com um pequeno jardim em frente. Não se dirigiu como de costume à entrada lateral — passou furtivamente pelo jardim e ganhou a varanda. Sabia que não corria risco de ser visto: as empregadas deviam estar na cozinha ou na área, como sempre; as crianças, no colégio; Maria Lúcia ainda no quarto, no andar de cima — costumava tomar o café na cama. E Paulo Sérgio andava de viagem pelo Norte.

Não foi difícil saltar o parapeito da janela que deixara encostada e entrar no escritório. O ambiente era escuro e abafado, mas não podia abrir janelas nem acender luzes sem denunciar sua presença. Depois de tirar o paletó e os sapatos, afrouxou a gravata e, movendo-se cauteloso na penumbra, acomodou-se na poltrona ao lado do telefone. E ficou à espera.

2

Foi durante um jantar, oferecido a Marco Túlio e Sônia, sua mulher, que Aldo percebeu pela primeira vez haver alguma coisa de errado com Maria Lúcia. Além de dois outros casais, ela havia convidado Margaret, a americana de quem se tornara amiga. Para Aldo, um jovem de 18 anos, como Paulo Sérgio, seria talvez o único dos presentes capaz de não estranhar o que se passou. Os demais estranhariam até mesmo as maneiras do filho, numa mesa que pretendia ser fina. Ele podia muito bem ter ido comer na cozinha aquela noite. Mas foi logo se sentando, com a naturalidade de sempre, sem perceber que não era um jantar de todo dia.

Quando Aldo fez uma observação qualquer sobre um pormenor do próprio jantar, ouviu com assombro Maria Lúcia responder, sem vacilar:

— Ora, Aldo, vá à merda.

Em mais de dez anos de casados, nada de semelhante jamais acontecera. Não havia a menor justificativa para o rompante. O que ele dissera não implicava nenhuma crítica, nem sugeria nada capaz de provocar tal reação. E Maria Lúcia era rigorosa, a ponto de julgar as pessoas segundo normas de educação que não admitiam palavrões, mesmo com a permissividade de hoje em dia.

Ele não fez nenhum comentário. Alguém teve o bom-senso de iniciar uma conversa que atraiu a atenção dos demais, embora se pudesse notar que todos haviam ficado tão chocados quanto ele. Só mais tarde, quando se recolheram, é que tocou no assunto:

— Que é que deu em você hoje?

— Como assim? — ela se fez de desentendida, enquanto se despia.

— Você me xingar sem mais nem menos.

— Eu xinguei você? — e ela, de calcinha em frente ao espelho, mirava-se em várias posições: — Você acha que meu corpo ainda é bonito?

Também já despido, olhou-a, intrigado:

— Você não me respondeu.

— Que é que você quer saber?

— O que já perguntei: por que você me xingou?

— Ora, sei lá! — e ela fez um gesto de enfado: — Já não me lembro.

— Isso não é resposta.

— Também fiz uma pergunta e você não me respondeu.

— Que é que você quer saber? — ele a imitou, conformado.

— Se você me acha atraente.

Ficou a olhá-la, agora completamente nua, e se sentiu excitado:

— Se duvida, vem cá, que eu lhe mostro.

Ela riu, tomando-o pela mão:

— Vem cá você — e encostou-se nele, de costas, voltada para o espelho: — Hoje quero umas coisas diferentes.

A partir de então, começou a notar que ela já não era a mesma. De uma lascívia até ali ignorada, passava à completa indiferença, quando não a acessos de agressividade, que estendia às crianças.

— Não aguento mais esses meninos! — estourava, ante qualquer travessura deles: — Não querem me obedecer! São uns demônios, não param quietos!

Era preciso que ele interviesse, conciliador:

— Que é que eles fizeram? Seja o que for, meu bem, você não deve se descontrolar. Você discute com as crianças como se fossem gente grande.

— Você me desautoriza na frente delas, como se eu fosse criança.

E ela saía de casa sem dizer aonde ia, passava a tarde inteira fora.

Às vezes se dava a crises de ciúme, sem o menor propósito, queria saber onde ele tinha ido, o que tinha feito: você tem uma amante, eu sei de tudo. Um dia ficou furiosa porque ele lhe lembrou brincando que ela ia fazer quarenta anos, já era tempo de tomar juízo:

— E você, que já fez cinquenta e parece ter sessenta?

Outras vezes ela caía em depressão, queria fazer cirurgia plástica:

— Estou cheia de rugas.

De vez em quando o surpreendia com um carinho, abraçava-o:

— Você ainda me ama?

Mas estes momentos duravam pouco.

Preocupado, tentou abrir-se com Marco Túlio, pedir-lhe uma orientação — sem resultado: o companheiro de escritório, evasivo, desconversou delicadamente. Então resolveu procurar um profissional. Optou por um psicólogo seu conhecido: fizera recentemente o inventário do pai dele, que lhe deixou um bom dinheiro. Vinha granjeando nome e passava por competente.

Era um jovem de barba negra, que o recebeu em mangas de camisa num moderno consultório:

— Ela me parece estar enfrentando uma crise existencial de profundas consequências para o seu relacionamento conjugal.

— Até aí vou eu — retrucou Aldo, aborrecido. — Acha que é caso de tratamento?

— Acho que uma análise sem dúvida faria bem a ela. E ao senhor também.

Ao fim de vinte minutos se despediu, depois de pagar uma hora de sessão.

Houve uma época em que andou desconfiado dos remédios que ela vinha tomando, por conta própria, obcecada com tratamentos para reduzir o apetite e emagrecer.

— Só pode ser isso — concluiu: — Toma pílula como pipoca.

Logo verificou que não estava ali a causa, pois ela, também por conta própria, suspendeu de repente qualquer tratamento e nem por isto sua instabilidade arrefeceu. Passara agora a abominar tudo que fosse artificial, segundo dizia. Adotou a alimentação macrobiótica, começou a frequentar academias de ginástica, tomava aulas de ioga, quando não ia se estirar durante horas na areia da praia, num biquíni sumaríssimo. Um dia Aldo foi procurá-la e deu com ela numa área mais deserta, contemplando o mar, sem a parte de cima do maiô.

— Maria Lúcia, tenha paciência. Pode aparecer alguém, você acaba chamando a atenção. Assim é demais.

— Demais por quê? Não seja atrasado. Todo mundo está acostumado com topless hoje em dia.

Não sabia se ela própria acabou se convencendo de que já não tinha idade para aquilo: o certo é que nunca mais se expôs de busto nu — pelo menos na sua vista. Ele é que acabou convencido de que ela devia estar sendo influenciada por alguém. Margaret, por exemplo, aquela americana surgida ninguém sabia de onde. Falava com sotaque, passava por artista plástica, embora ninguém jamais houvesse visto nada pintado ou esculpido por ela. E se dava ao estudo de filosofias orientais. Ela (ou alguém mais) envolvera sua mulher em alguma situação ou atividade misteriosa. Certos telefonemas meio lacônicos na sua presença, ou bruscamente desligados à sua chegada; aquelas saídas durante o dia sem que jamais ele soubesse onde ela ia — tudo levava a suspeitar até mesmo de alguma agremiação ou seita em que estivesse engajada, com efeitos danosos para a sua maneira de ser. Ou seu relacionamento conjugal, como dissera o outro.

Foi o que o levou a tentar esclarecer o mistério por conta própria: precisava ajudá-la a se libertar do que quer que a estivesse atormentando. Decidiu de saída que dispensaria ele próprio qualquer ajuda, para não a expor: ninguém deveria ficar sabendo o que se passava com sua mulher. E sobretudo ficar sabendo que ele ia cruzar uma perigosa fronteira, usando recursos que seria o primeiro a reprovar.

A princípio pensou simplesmente em segui-la. Abandonou logo a ideia, era um risco que não podia correr: se ela por acaso percebesse, estaria desmoralizado. Então optou pelo plano que agora punha em prática. E ali estava, à espera. Esperaria o dia inteiro, se fosse preciso. Sentia remorso pelo que fazia, mas não tinha alternativa: era para o bem de ambos, para salvar aquele casamento.

Não se passaram nem vinte minutos, e ouviu o ruído do telefone. Alguém discava lá em cima, no quarto. Tirou com cuidado o fone da extensão, ficou à escuta.

3

Cinco horas mais tarde ainda estava escondido no escritório, agora de pé, e ousando fazer cautelosamente alguns movimentos para vencer a cãibra nas pernas. Já não podia mais de impaciência, arrependido daquele plano louco. Nada acontecia. Ela não ia telefonar para ninguém. Não havia segredo nenhum a desvendar.

E estava morto de fome — esse detalhe lhe havia escapado: se viera disposto a passar o dia inteiro ali dentro, devia ter-se prevenido, trazendo ao menos um sanduíche ou qualquer coisa para comer.

Lembrou-se de uma garrafa de uísque guardada no armário do escritório. Apanhou-a — estava quase vazia, mas dava para enganar o estômago. Tomou um gole pelo gargalo, sentiu-se melhor, virou o resto.

Arrependeu-se de não ter levado avante a primeira ideia que lhe havia ocorrido: instalar no telefone um gravador. Tão mais fácil, estaria tudo resolvido. Mas teria de contratar um técnico, sozinho seria incapaz — e alguém mais ficaria sabendo, não quis se arriscar. Pensara então em utilizar a secretária eletrônica, ali ao lado do telefone, e que raramente usava. A hipótese foi logo afastada, não havia como: ela só gravava pequenos recados de quem chamasse.

O pior é que, mais um pouco, os meninos estariam chegando do colégio, e então seria impossível sair sem ser visto. Teria de esperar a noite, até que fossem dormir — e que explicação daria a Maria Lúcia por chegar tarde em casa?

Resolveu desistir. Ela não saíra até aquele instante. Com certeza havia almoçado e fora descansar um pouco. Descansar de quê? — era o que ele se perguntava. Não usava o telefone para ficar de conversa com as amigas o dia inteiro, como tinha imaginado — a maneira que teria de saber o que havia com ela. A única vez que telefonou, pouco depois de sua chegada, foi para o escritório da cidade. Dona Mirtes transmitiu fielmente o recado: Dr. Aldo está no foro, vai passar o dia lá. Era infalível aquele telefonema, todos os dias, mais ou menos à mesma hora: para uma recomendação ou outra, alguma observação sobre os meninos, ou para nada, só dizer que estava com saudade.

A lembrança agravou seu remorso. Sentia-se não só ridículo, mas indigno pelo que estava fazendo.

Foi quando o telefone tocou.

Esperou ansioso que ela atendesse lá em cima. A campainha soou várias vezes e parou. Então ele retirou com cuidado o fone do gancho.

— Desculpe, eu estou saindo do banho — era Maria Lúcia, mas com uma voz diferente, mais grave e sensual: — Pensei que você não ia telefonar nunca mais, não aguentava esperar. Então fui tomar meu banho.

Respondeu uma voz de homem — ele reconheceu imediatamente a voz de Marco Túlio. Por um instante, desnorteado, chegou a achar que o colega queria falar com ele. Logo entendeu tudo, e a emoção foi tão forte que começou a tremer. Teve de afastar um instante o fone, para que a respiração descontrolada não o denunciasse. Conseguiu se dominar e voltou a ouvir.

— Tenho uma surpresa para você — Marco Túlio dizia. Sua voz também soava diferente, meio adocicada: — Mas primeiro me diga como foi ontem.

— Tudo bem — ela respondeu: — Tive sorte, cheguei um segundo antes dele.

— É bom tomar cuidado, meu bem. Ele anda preocupado com você.

— Como é que você sabe?

— Ele me disse.

— O que é que ele disse?

Aldo ouvia com atenção, fascinado, sem poder acreditar que estavam falando dele:

— Umas coisas vagas — dizia Marco Túlio: — Que você não é a mesma. Não dei corda, mudei de assunto, antes que ele começasse a me pedir conselhos. Teria graça.

Ela riu, ele continuou sério:

— Não é tão bobo quanto parece.

— Não é não. Andou me perguntando umas coisas.

— A meu respeito? — a voz dele agora era de apreensão.

— Não, ele nem sonha. Vai morrer sem saber. Mas mesmo assim, meu amor, não quero mais voltar àquele lugar não. É muito deprimente. Tenho medo.

— Não há perigo. Já disse que é de um amigo meu, de toda confiança.

— Mesmo assim: é um apartamento sombrio, muito pouco romântico.

— Você não vai querer que eu te leve a um motel.

— Eu preferia.

— Isso sim é que é perigoso.

— Você acha o Aldo com cara de quem frequenta motel? — ela riu: — Talvez a Sônia, quem sabe?

— Pois tenho uma boa notícia para você: Sônia vai subir mesmo, acho que ainda hoje. É provável que fique em Petrópolis até o fim da semana. Podemos passar a noite inteira juntos.

— E ele?

— Tudo arranjado. É esta a surpresa: vai a São Paulo amanhã. Desencavei uma reunião lá para ele. A reunião pode se prolongar por uns três dias. Depende de Sônia ir ficando por lá. Que tal?

— Ele ainda não voltou do foro?

— Ainda não. Está lá desde manhã.

— Então por que você não telefonou antes? Me deixou esse tempo todo esperando.

— Porque eu próprio tive um dia ocupadíssimo. Foram mil providências para ter o resto da semana livre. Você precisava ver como ele ficou com a ideia da viagem. Rindo à toa. Se sentindo importantíssimo. E foi para o foro pôr em dia os processinhos dele para poder viajar sossegado.

— Neste caso, você pode vir para cá amanhã — lembrou ela: — Ficamos aqui mesmo, vai ser ótimo.

— E as crianças?

— Já estarão dormindo quando você chegar. O quarto delas é lá no fundo, não tomam nem conhecimento. E o estafermo está viajando.

— Quem?

— Paulo Sérgio, o filho dele. Por falar nas crianças, vou ter de desligar, elas daqui a pouco estão chegando do colégio e invadindo meu quarto.

— Você está falando de onde? Do quarto?

— Eu não contei que ele é tão esquisito que deu para trancar o escritório e levar a chave? Diz que é por causa dos meninos. Veja se alguém pode aguentar um homem desses.

Trêmulo, a respiração opressa, Aldo mal podia segurar o fone. Nem conseguiu se interessar pelo telefonema que ela deu logo em seguida, desta vez para Margaret, contando toda excitada o que havia combinado:

— Ele é um amor, você não acha?

Tomado de náusea, sentiu que ia vomitar. Não se continha mais. Ainda bem que estava de estômago praticamente vazio. Sem saber para onde se voltar, abriu às pressas no chão um jornal e despejou ali mesmo uma gosma de bílis, resto do café da manhã, suco gástrico de mistura com o uísque que havia tomado. E mal conseguia conter também a vontade de urinar. Não havia como sair do seu esconderijo em tempo de descobrir um canto de rua onde se aliviar. Resolveu se utilizar da garrafa de uísque. Depois dobrou cuidadosamente o jornal com o vômito.

E ali estava ele: Aldo Tolentino, 50 anos de idade, advogado, viúvo, um filho do primeiro casamento, dois do segundo, traído pela mulher com seu amigo e colega de escritório, escondido como um criminoso em sua própria casa, tendo nas mãos uma garrafa cheia de urina e um jornal cheio de vômito. Ali estava ele.

Deslizou para fora do escritório como havia entrado e ganhou a rua sem ser visto, levando consigo a garrafa e o jornal, para atirá-los no primeiro terreno baldio que encontrou, antes de tomar um táxi de volta à cidade.

4

Naquela tarde ele tinha certeza de que Marco Túlio ainda estava lá, não havia saído para encontrar ninguém. Suas frequentes ausências o levaram um dia a se justificar:

— Estou tendo um caso com uma garota.

Aldo no momento chegara a invejá-lo.

Sua cabeça ia num tumulto. A ideia de que a mulher se entregava a outro homem era brutal, insuportável. Visualizava tudo com nitidez, os dois nus, o outro a possuindo. E que significavam aquelas estúpidas crises de ciúme? Você tem uma amante, eu sei que você tem — que pretendia com isso? Não tinha vergonha de fazer o que fazia e ainda fingia desconfiar dele, com que intuito? se não lhe dava a menor importância, falava dele em tom de deboche com o próprio amante? Mais inconcebíveis ainda eram aqueles momentos em que ela se entregava a ele, num desvario de quem queria ir até o fundo do prazer. Lembrava-se dela diante do espelho, quero umas coisas diferentes. E as posições lascivas, até no chão, no tapete do quarto. Ele precisava beber, para acompanhá-la, quando se acendiam nela esses exageros de luxúria.

Maria Lúcia não podia nem mesmo alegar que ele não lhe dava o que ia buscar com outro. Sua indignação aumentava ao lembrar os momentos de carinho dela, como se fosse uma namorada: você ainda me ama? Dava vontade de matá-la.

Vários pontos obscuros em sua vida se esclareciam agora. Os frequentes jantares que ela promovia, como pretexto para convidar o amante. Os encontros fortuitos nos restaurantes, coquetéis, boates, até no teatro, onde — por coincidência — os dois casais já tinham sentado juntos. Era forçado a uma vida social cuja razão só agora entendia. Aquela noite em que ela se sentiu mal durante um *show*, e Marco Túlio se ofereceu para levá-la em casa no seu carro, deixando-o a sós com Sônia. Não chegou a estranhar que ele tivesse demorado tanto — quando voltou, o *show* havia terminado. E Sônia? Saberia de alguma coisa? Talvez nem se importasse. Talvez tivesse também um amante. Tudo tão sórdido. E ele tão ingênuo, idiota, tão desligado do mundo.

Era preciso não perder a cabeça, saber como agir. Não fazer nada precipitado. A humilhação ia cedendo lugar a uma força que vinha da própria consciência da sua ingenuidade: uma lucidez fria, um mecanismo de defesa contra a solidão e o desamparo em que se achava. Agora que ele sabia tudo, tornava-se senhor da situação, capaz de dominá-la à vontade, sentia-se onipotente. Sabia tudo. Podia tudo. E se viu perguntando a Marco Túlio, com absoluta naturalidade, ao dar com ele no escritório:

— Você ainda por aqui? Não foi ver a garota hoje?

O outro, inalterável, respondeu no mesmo tom:

— Não. Mas em compensação Sônia vai subir esta semana e eu vou ficar inteiramente por essa conta.

Como se tudo fosse imaginação, não havia nada entre aquele homem e Maria Lúcia.

— Gostaria de conhecer essa garota.

Talvez tivesse ido muito longe. Pareceu-lhe ver por um instante ligeira desconfiança na fisionomia do outro. Acrescentou logo:

— Quem sabe ela não tem uma amiguinha?

O rosto de Marco Túlio se desanuviou:

— Seria bom. Podia até ir com você a São Paulo... Alguma novidade no foro?

Passaram a falar de processos e causas do escritório. Marco Túlio deu-lhe carona até em casa.

— Não quer entrar um pouco? — perguntou Aldo, como de costume, ao chegar. Era por simples delicadeza, o outro nunca aceitava. Mas desta vez pensou no que aconteceria se aceitasse: gostaria de ver um confronto dos dois.

Encontrou Maria Lúcia com as crianças, diante da televisão. Ela o recebeu com um beijo:

— Você demorou — disse, meiga.

Ele queria ver até que ponto ela conseguiria levar a dissimulação. Tinha de relembrar a conversa ouvida, para se convencer de que era verdade. Ao mesmo tempo se sentia constrangido, sem coragem de olhá-la, como se ele é que tivesse alguma culpa a esconder. Resolveu testá-la até onde ela aguentasse.

— Amanhã vou a São Paulo — contou.

— A São Paulo? Você vai me levar?

— Bem, eu... Infelizmente não. Vou a serviço.

Ela se fez de amuada, e pela primeira vez soou falso, quando reclamou com voz infantil:

— Queria tanto ir com você.

Aquilo o irritou. Decidiu provocá-la:

— Pois então vamos. Se você quer mesmo...

— E as crianças?

— Deixa com sua irmã no Flamengo.

Ela vacilou:

— Mas você vai a serviço.

— E daí? Teremos tempo de sobra só para nós.

— Bem que eu gostaria — suspirou ela: — Mas não posso. Tenho cabeleireiro amanhã, quinta-feira tenho dentista, aula de ginástica, mil e um compromissos... Quando você volta?

Ela se dava por vencida, pois. Vitorioso por tê-la acuado, quase põe tudo a perder:

— É possível que Marco Túlio também vá...

Ela o olhou, intrigada, mas foi um segundo apenas: logo se voltara para as crianças, mandando que desligassem a televisão, estava na hora do jantar.

Mais tarde, quando Maria Lúcia subiu para dormir, ele subiu também, e já no quarto perguntou-lhe sem rodeios se queria ter relações naquela noite. Ela foi apanhada de surpresa:

— Você quer? — perguntou, por sua vez, como para saber onde ele pretendia chegar.

— Claro — ele respondeu, já se despindo: — Mas hoje quem quer umas coisas diferentes sou eu.

Ela também se despiu:

— Por exemplo? — e o abraçou, excitada.

— Nada de espelho — sussurrou ele, também excitado.

Caíram na cama, abraçados.

— Então diga o que você quer — ela murmurou, e colou a boca em seu peito, depois foi descendo.

— Quero que você conte tudo o que está pensando — soprou ele, no auge da excitação: — Vamos imaginar por exemplo alguém com quem gostaríamos de estar neste instante. Se você não fosse você... Se eu não fosse eu... quem gostaria que fosse?

— Então fale você — concordou ela, a voz turvada de desejo.

— Para mim, a Sônia, quem sabe. Para você... Talvez o Marco Túlio?

Ela ficou calada um instante, mas acabou respondendo:

— Talvez...

— Você gostaria?

— Muito — ela deixou escapar, num sopro.

— Então me conte tudo o que você faria.

— Se é isso que você quer...

Aos sussurros, ofegante de prazer, ela contava e fazia. Ao fim, ele a virou de bruços e tombou sobre ela, possuiu-a com fúria:

— Fale mais, mulher. Fale mais, sua cadela, conte tudo, sua puta ordinária — e ele terminou, afinal, enquanto ela gemia de gozo sob seu corpo.

Exaustos, deixaram-se ficar, cada um para um lado, cobertos de suor, como adormecidos. Ao fim de certo tempo ele se ergueu, foi ao banheiro, e em pouco voltava de pijama e robe de chambre.

— Onde é que você vai? — ela perguntou, já com a voz de sempre.

Ele disse que tinha trazido trabalho para casa, precisava estudar uns processos e deixar pronto, para poder viajar no dia seguinte. Desceu ao escritório e passou a noite em claro, estudando não os processos, mas passo a passo, tudo que iria fazer dali por diante.

5

Pela manhã, Dona Mirtes já o esperava com as passagens e a reserva do hotel. Recolheu-se à sua sala, disposto a se enfronhar um pouco mais no caso da Financeira de São Paulo: ia precisar, fazia parte de seu plano.

Logo Maria Lúcia telefonou, como sempre. Agora ele sabia que ela queria apenas confirmar sua presença no escritório. Para que, desta vez? Não se espantaria se existissem outros: Marco Túlio também pode estar sendo enganado, pensou com um sorriso amargo.

O colega já havia chegado, mas não parecia ter muito interesse em estar com ele naquele dia: passou a manhã recebendo clientes, até sair para almoçar.

Aldo pediu ao Manoel que fosse comprar um sanduíche. Aproveitou-se da ausência do contínuo para uma busca rápida em seu paletó, no encosto da cadeira. Encontrou logo o que queria: a carteira de identidade. Nome: Manoel dos Santos. Não podia ser melhor. No retrato, ninguém repararia. E voltou aos processos.

À tarde, deu um pulo no foro e às quatro horas voltou para apanhar a mala de mão, que trouxera para a cidade. Não deixou de entrar na sala de Marco Túlio para se despedir:

— Mais alguma recomendação?

— Não. Já estão avisados na Financeira. Sabem que você vai no meu lugar. Espere, que eu vou levá-lo.

— Não precisa — escusou-se ele: — Tomo um táxi.

— Faço questão.

E o outro o fez descer com ele até o estacionamento do prédio. Faz questão é de verificar pessoalmente se eu embarquei mesmo — concluiu Aldo com frieza.

E assim foi. Em vez de apenas deixá-lo no Santos Dumont, Marco Túlio insistiu em estacionar o carro e acompanhá-lo até a sala de embarque. Teve mesmo, antes, o cuidado de perguntar no balcão se o tempo estava bom em São Paulo. E só partiu quando ele entrou no avião:

— Boa sorte — disse ainda, ao se despedir.

— Para você também — retribuiu Aldo, percebendo a ironia daquelas palavras.

Durante o voo, repassou, um por um, os detalhes do que havia planejado. Tinha de ser de uma rigorosa precisão, para que nada falhasse. Não podia se distrair um só instante, pensando no que acontecera. Agora o que interessava era o que ia acontecer.

Foi dos primeiros a deixar o avião. Dirigiu-se a passos largos ao balcão da ponte aérea. Passara a contar o tempo de minuto em minuto:

— Uma reserva para o voo das vinte horas.

— Tem passagem?

— Ainda não. Quero ida e volta.

— Nome, por favor.

— Manoel dos Santos.

Já tinha na mão a identidade, pronta para exibi-la, mas não foi preciso — o homem nem sequer olhou:

— Meia hora antes aqui no balcão da ponte aérea.

Eram seis e cinco quando deixou o aeroporto e tomou o táxi. Puxou conversa com o motorista, um japonês:

— E o jogo de hoje à noite no Rio?

— Já se foi o tempo em que Santos e Botafogo era um grande jogo — o japonês respondeu.

— Pois eu vou dizer a você uma coisa: lá no Rio...

Conseguiu que o motorista se voltasse mais de uma vez para observá-lo. Às seis e trinta deu entrada no hotel.

— Reserva em nome de quem? — o moço da recepção perguntou.

— Aldo Tolentino — e ele sorriu: — Qual é o seu?

— Indalécio.

Deu-lhe uma boa gorjeta:

— Indalécio, mande verificar por favor se a televisão do quarto está em condições. Quero ver o jogo desta noite. Torço pelo Botafogo, sou velho sofredor. E você?

O rapaz, que torcia pelo Palmeiras, disse que iria ver o jogo em casa.

— A que horas você deixa o serviço?

— Às sete — respondeu ele com ar satisfeito: — E o jogo é às nove e meia...

Faltavam vinte minutos para as sete quando Aldo se viu num apartamento de fundos do terceiro andar — pedira que lhe dessem, de preferência, um andar baixo. Foi imediatamente ao telefone, pediu uma ligação para o Rio, a cobrar.

— Com qualquer pessoa? — perguntou a telefonista.

— Com dona Maria Lúcia.

— O nome do senhor?

A telefonista mandou esperar na linha e completou logo a ligação. Maria Lúcia perguntou se ele tinha feito boa viagem, disse que já estava com saudade:

— Quando é que você volta?

— Amanhã é que vou saber. Telefono a esta hora. Os meninos estão bem? — e ele, com nojo de si mesmo, disse que também estava com saudade. Depois ousou perguntar: — O que é que você vai fazer hoje?

— Nada. Dormir cedo.

Terminada a ligação, avisou à telefonista que ia descansar um pouco, não queria ser incomodado — e pediu que o chamasse às nove e meia em ponto, ia ver o jogo:

— Como é seu nome, minha filha?

— Elza.

— Então muito obrigado, Elza — ele deu seu nome de novo e insistiu: — Nove e meia, não se esqueça.

— Pode ficar descansado, Dr. Tolentino.

Elza — o nome de sua primeira mulher. Lembrar-se dela, depois de tanto tempo, ainda mais naquela situação. Que pensaria de tudo aquilo, se ainda vivesse? Sentiu como nunca a sua falta — depois de tanto tempo. E Paulo Sérgio por aí, já nem sabia onde. Precisava conviver mais com o menino. Estafermo, ela dissera. Não poupava nem o seu filho.

Bateram na porta e ele caiu em si: o que precisava é não se distrair, esquecer o plano. Era o empregado que vinha examinar a televisão. Em dois minutos deu a revisão por terminada:

— Está funcionando perfeitamente.

O homem agradeceu a gorjeta e disse que torcia para o Santos, mas não ia poder assistir à partida em paz:

— Dia de jogo é como hoje, fico de um para outro quarto consertando enguiço e são duzentos aparelhos.

Assim que ele saiu, Aldo abriu finalmente sua maleta, tirou a secretária eletrônica, ligou-a na tomada e conectou-a ao telefone. Depois ligou o microfone, disse "alô!", deixou passar o tempo necessário para as palavras "Doutor Tolentino, já são nove e meia" e gravou a sua mensagem: "Muito obrigado, Elza. Agora, por favor, não quero ser incomodado antes de terminar o jogo".

Apanhou ainda na maleta o pequeno rádio de pilha, guardou no bolso e saiu do quarto, deixando ligada a televisão. Desceu rapidamente pelas escadas. Passou ao largo da recepção sem olhar para os lados, mas deu para ver que o Indalécio já não estava lá. Eram sete e cinco quando deixou o hotel.

Desta vez não puxou conversa com o motorista do táxi que o levou ao aeroporto. Procurou não chamar a atenção, mergulhado no canto mais escuro do banco.

No balcão de embarque mal olharam para a carteira de identidade que exibiu, só queriam conferir o nome na lista de reserva. O avião estava quase lotado. Receou encontrar algum conhecido — é o que sempre acontece nessas horas. Lembrou-se da fome sentida na véspera, aceitou o lanche que lhe ofereceram a bordo. Precisava estar preparado para tudo.

Foi um voo tranquilo e sem incidentes. Faltavam cinco minutos para as nove, quando chegou de volta ao Rio. Posso tê-la alertado — pensou então, apreensivo. Era a única parte de seu plano que o deixava inseguro: não sei se devia ter telefonado para ela — se isso me era necessário ou não.

6

Com o trânsito já menos intenso àquela hora, quinze minutos mais tarde o táxi o deixava na esquina de sua rua. Durante o percurso lhe ocorreu pela primeira vez que não havia planejado o que faria, ao chegar.

Desorientado, descobriu que o plano concebido em seus mínimos detalhes o conduzia afinal a este impasse. Nem sequer pensara nisto, preocupado o tempo todo com a exatidão de horários de seu álibi. E por que precisaria de um álibi? A ideia de matá-los não passara pela sua cabeça. Nem mesmo tinha uma arma.

Marco Túlio tinha — a lembrança lhe vinha também pela primeira vez. Não sentiu medo: apertou os dentes com força, redobrando sua determinação. Sabia que o outro andava armado. Orgulhava-se mesmo, o canalha, de sua pistola de precisão, que alguém lhe trouxera da Alemanha, e que carregava sempre consigo, na pasta ou na bolsa. Ele, que não tinha maior interesse em armas de fogo, tivera de ouvir, resignado, a explicação sobre o seu manejo, quando o colega de escritório a exibia, no dia em que a recebeu. Jamais imaginaria então que talvez ainda tivesse de enfrentá-la.

Pretendia apenas surpreendê-los, não era isso mesmo? Já não sabia bem o que pretendia. Não pensava em matar, mas também não pensava em morrer. O plano era para o que desse e viesse: tinha que se defender. Se alguma coisa acontecesse de pior, a culpa não seria sua: para todos os efeitos ele estava em São Paulo. Não foi para lá que Marco Túlio o mandou?

— Seja o que Deus quiser — concluiu, e saltou do táxi.

Da esquina mesmo pôde ver o carro em frente à sua casa. O canalha. Nem ao menos se preocupou em estacionar longe dali. Foi caminhando rente à parede — não fosse agora ser visto por algum vizinho. Quando passou em frente ao terreno baldio, lembrou-se da garrafa com urina: se alguém achasse, ia pensar que era uísque — ele riu, nervoso.

Ao transpor o portão, um gato preto cruzou o seu caminho e escalou o muro. Mau sinal, pensou. Atravessou o jardim, ganhou a varanda. Como na véspera, não teve dificuldade em entrar pela janela do escritório, que tornara a deixar apenas encostada. Só que desta vez, à noite, tinha de redobrar o cuidado, para não esbarrar em algum móvel no escuro. Antes de passar à sala de estar, encostou o ouvido na porta. Tudo em silêncio. Afligiu-se com o ruído da chave e o estalido da fechadura, ao abri-la, apesar de toda a sua cautela. Se estivessem na sala, certamente teriam ouvido.

Deviam estar no quarto. O seu quarto — pensou, revoltado, ao passar pela sala às escuras. Foram logo para a cama, não haviam perdido tempo.

Ele avançava na penumbra com desenvoltura em movimentos precisos, como se a consciência do perigo o houvesse transformado noutro homem, dando-lhe condições de enfrentá-lo. Ganhou a escada no *hall*, mas se deteve no terceiro degrau: ouvia vozes lá em cima, risos, ruído de água caindo. Mal ousava respirar. O ruído de água cessou, as vozes continuaram. Voltou a subir, devagar, degrau por degrau. Do patamar da escada, já no andar de cima, viu luz debaixo da porta do quarto. Continuava ouvindo vozes, ainda distantes, a risada de Maria Lúcia. Esgueirou-se até a porta e depois de torcer o trinco com cuidado, experimentou empurrá-la de leve, ela se abriu.

Imediatamente as vozes ficaram mais fortes — a dele e a dela. Mas não vinham do quarto, onde não havia ninguém, verificou logo: vinham do banheiro, ao fundo, através da porta entreaberta. Na cadeira, as roupas de Marco Túlio, atiradas de qualquer maneira: uma camisa esporte, uma calça, uma cueca; no chão, um par de mocassins; na mesinha ao lado da cama em desalinho, uma bolsa de couro. A pistola! — lembrou-se logo. Precipitou-se até lá e retirou-a da bolsa, no exato momento em que eles, a rir, voltavam para o quarto.

Girou sobre si mesmo e deu com os dois, o riso por uma fração de segundo ainda estampado no rosto, estatelados de terror à porta do banheiro — ele com uma toalha em torno da cintura, ela inteiramente nua. Não teve tempo de dizer nada: ela fez menção de se virar para voltar ao banheiro, ele em desespero avançou instintivamente na sua direção. O primeiro tiro a atingiu no pescoço, o segundo o alcançou no peito — viu, siderado, ambos tombarem ao mesmo tempo, ela de lado, ele de frente, braços estendidos quase roçando seus pés.

Imóvel, sondou o silêncio. Vozes, risos, os dois saindo do banheiro — de um segundo para outro eram apenas dois corpos nus atirados ao chão. Lá no quarto dos fundos as crianças dormindo o seu sono pesado. Era como se tivesse caído em sua consciência uma ducha fria, de tal modo se sentia lúcido, seguro de si. A primeira ideia que lhe veio é que deveria sair dali imediatamente; a segunda, largar aquela pistola em algum lugar. Então, depois de limpar a coronha com a ponta do lençol, deixou-a no chão, ao pé da cama. Foi forçado a passar por cima do corpo caído de bruços a seus pés, a toalha removida na queda deixando à mostra as nádegas muito brancas. Não se deteve para olhar o dela uma última vez: transpôs a porta e se afastou pisando leve, desceu ligeiro a escada, cruzou a sala às escuras. Teve ainda a lembrança de fechar por dentro a janela do escritório — desta vez o deixou aberto, chave na fechadura. E saiu pela porta lateral, trancando-a do lado de fora.

Vendo-se na esquina, consultou o relógio: apenas doze minutos haviam passado. Resolveu perder mais três caminhando rápido até a praia, onde logo tomou um táxi:

— Santos Dumont — ordenou, procurando evitar que o motorista o observasse. Não podia correr mais nenhum risco, agora tudo se consumara — ele era um assassino.

— Eu sabia — falou, num sopro, agoniado.

Sim, ele sabia. O álibi perfeito era o de um assassino — agora ele se dava conta, tomado de emoção. Sabia que ia matar — e havia escondido a intenção até de si mesmo. Sabia da existência do revólver, sabia que ia usá-lo de alguma forma, sua intenção era matar. Ele sabia.

E se não tivessem morrido? Disso, pelo menos, tinha certeza: aquela inconfundível certeza de estar diante de um cadáver, sem precisar sequer olhá-lo. Recostou-se no banco, lembrando-se dos dois tiros, estampido seco, mais baixo do que imaginava — ainda assim, alguém teria ouvido? As crianças? As empregadas? Não, ninguém ouvira, o silêncio que se seguiu, de fumaça se evolando do cano.

Faltavam quatorze minutos para as dez quando chegou correndo ao balcão de embarque:

— Ainda pego o das dez? — perguntou, apressado, estendendo o bilhete.

— Tem bagagem?

Bastou dar o nome — Manoel dos Santos — nem lhe pediram identidade.

— Pode embarcar que já chamaram. Portão dois.

Embarcou direto — poucos passageiros, todos já acomodados. Colocou o cinto e só então se lembrou do jogo — ligou o rádio de pilha dentro do bolso e, disfarçadamente, para que a comissária não visse — sabia que era proibido — pôs o pequenino fone no ouvido. Quinze minutos do primeiro tempo, placar zero a zero. Continuou a ouvir durante toda a viagem, e o esforço para prestar atenção impediu que pensasse no que havia acontecido. No fundo da mente apenas a imagem fixa de dois corpos nus, em posição grotesca no chão do quarto.

7

O delegado Amarante, titular da Delegacia de Homicídios, reclamou com o pessoal da imprensa que se comprimia na sala:

— Por favor, pessoal. Assim não dá. Mando pôr todo mundo pra fora.

Era um homem gordo e de ar bonachão, mas sabia ser enérgico:

— Ponho todo mundo pra fora — repetiu.

Havia locutores com microfones, fotógrafos, repórteres com gravadores, vozerio, empurração, balbúrdia:

— O rapaz não está detido aqui e o pai nem chegou ainda.

— Está detido onde, delegado?

— Ele confessou?

— É menor de idade?

— Quando é que o pai dele chega?

— Não, não é menor de idade. Tenham calma, que depois do interrogatório apresento ele à imprensa.

— Está sendo interrogado onde?

— Dá uma colher de chá pra gente, delegado.

— Está bem — conformou-se ele, impaciente. — Tomem nota.

Imediatamente houve uma agitação geral e ele se viu diante de um buquê de microfones e gravadores que quase o impediam de falar:

— Dr. Aldo Tolentino, o marido, já foi avisado, chegará de São Paulo ainda hoje, não sei a hora exata. Não será preso nem detido. Não há nada contra ele. A bem dizer, é mais uma vítima. Vocês por favor o poupem. É muito doloroso para ele. Apenas deverá prestar depoimento, coisa de rotina no inquérito. Vai chegar e seguir direto para a capela onde o corpo de sua senhora está sendo velado.

— E o do amante?

— O corpo da outra vítima está noutra capela, evidentemente.

O delegado Amarante deu por encerrada a entrevista, irritado com a saraivada de perguntas tumultuadas que o envolveram. Abriu caminho a custo e se recolheu ao gabinete.

O comissário Penalva o aguardava.

— E então? — perguntou Amarante, sentando-se pesadamente à sua mesa.

— Passou a noite inteira no hotel. Não arredou pé um só instante. Ficou assistindo na televisão ao jogo de ontem: é torcedor do Botafogo.

— Eu também — suspirou o delegado. — E daí?

— Daí o quê?

— Ora daí o quê. Testemunhas disso. O que fez em São Paulo. Antecedentes do homem. Enfim: o serviço completo.

— Ah, sim — o comissário Penalva ajeitou os óculos e consultou um telex que tinha na mão: — Serviço completo ainda não há. O pessoal de São Paulo continua no levantamento, mas por enquanto só apuraram isto — e passou a ler: — Confirmado: passageiro do voo 235, Rio-São Paulo, das 17 horas, chegada às 17 e 55 horas. Confirmado: registro no hotel às 18 e 30 horas, sob o nome Aldo Tolentino, reserva pela MT Advogados Associados — firma do falecido, o senhor sabe: eles eram sócios.

— Continue — ordenou o delegado, derreado atrás de sua mesa, olhos fechados, como se cochilasse.

— Confirmado: testemunho do funcionário Indalécio de Souza, da recepção — pediu vistoria no aparelho de televisão, sendo imediatamente atendido. Confirmado: testemunho da telefonista Elza Vitória, do turno da noite — registro de ligação interurbana para o Rio, a cobrar, falou com a Dona Maria Lúcia — a falecida, não é? Confirmado: pedido do hóspede do apartamento 304 para ser chamado às 21 e 30 horas e que não o incomodassem durante o jogo, atendido. Confirmado: às 23 e 35 horas o mesmo perguntou se alguém o havia chamado — negativo. Antecedentes — nada consta.

— Tem coisa confirmada demais nessa história — o delegado comentou, se erguendo: — Vamos receber o homem.

Aldo Tolentino desembarcou às duas horas da tarde no aeroporto do Galeão, acompanhado de um detetive. Não vinha preso: era apenas zelo da polícia de São Paulo, prevenindo-se contra qualquer desatino que ele pudesse cometer durante o voo, sob o impacto da tragédia. Mas, embora abatido, ele não parecia estar pensando em cometer desatino algum.

Na realidade, seu plano havia sido fielmente executado. Chegou ao hotel quando o jogo terminava, verificando logo que a secretária havia sido acionada apenas uma vez, certamente com o recado que esperava da telefonista. Depois de falar com ela, confirmando assim a sua presença no hotel, caiu na cama, vencido pelo cansaço. Pela manhã, por volta das dez horas, quando a reunião na Financeira ia em meio, fora localizado por Dona Mirtes, a primeira pessoa a lhe dar conhecimento do que havia acontecido. O diabo é que ela, de ranhetice, porque não soubesse mesmo, ou talvez orientada pela polícia, não tinha muita coisa a lhe dizer:

— Um acidente com o Dr. Marco Túlio e Dona Maria Lúcia.

— É coisa grave?

— Convém o senhor voltar imediatamente.

— Estão feridos?

— O senhor deve voltar logo — ela só fazia repetir.

Suspeito, aquele laconismo. Talvez a conversa estivesse sendo gravada, era melhor insistir:

— Diga alguma coisa! Ao menos o que foi que houve, onde foi.

— É melhor o senhor vir — insistia ela, como um autômato.

No hotel, encontrou um policial à sua espera:

— É coisa grave sim, Dr. Tolentino. Prepare-se para o pior.

O homenzinho fez questão de acompanhá-lo até o quarto, quando subiu para apanhar a maleta. Ainda bem que já havia guardado a secretária eletrônica e o rádio, deixando a maleta fechada e pronta para a partida. Por um momento temeu que o policial quisesse revistá-la.

Os jornais comprados na banca em frente ao hotel nada diziam — e nem dava tempo. E o detetive que seguiu com ele para o Rio nada tinha a acrescentar:

— O senhor se prepare para o pior — era tudo que dizia.

Durante o voo, diante de sua insistência, continuava se esquivando:

— Tenho ordem de não dizer nada. Uma tragédia. Só digo isto.

Não dava para apurar até onde ele sabia.

— Me diga apenas se ela morreu, se está ferida.

— Prepare-se, doutor. Seja forte.

Ele não podia deixar de representar o seu papel.

— Morreu, então — e escondeu o rosto com as mãos.

Ao desembarcar, encontrou ao pé da escada dois outros policiais a esperá-lo: o delegado Amarante e o comissário Penalva, ambos da Delegacia de Homicídios. Então a coisa tinha mesmo estourado, mas por ora não havia o que temer. Achou mais prudente não dizer nada, mantendo um ar consternado, o que não lhe era difícil.

— Por aqui, doutor — sentiu a deferência dos policiais, embarcando-o numa Kombi estacionada junto à escada do avião. Avisaram-lhe que era para despistar a imprensa, que aguardava impaciente a sua chegada. Se não o haviam envolvido diretamente no crime, por que tanta excitação? Era o que Aldo se perguntava, apreensivo.

8

Mal sabia ele que a notícia da tragédia se alastrara desde as primeiras horas da manhã. Vinha sendo divulgada pelo rádio e pela televisão, com novas informações a cada momento, e espalhada de boca em boca por toda a cidade, em diferentes versões. Muito mais pelo escândalo social que pelo seu eventual envolvimento no crime.

Amarante não se mostrava disposto a lhe contar pelo caminho o que havia acontecido, mas parecia dá-lo como completamente inocente. Era preciso cuidado — aquele delegado devia ser uma velha raposa, com seu ar de tédio e indiferença. O comissário Penalva não passava de um garnisé espevitado, sempre pronto a dizer sim ao superior.

Aldo queria seguir direto para o velório, mas Amarante sugeriu que passassem antes na delegacia:

mais para que ele descansasse um pouco, antes de enfrentar as emoções do cemitério e do enterro. Que seria somente às cinco da tarde, não convinha chegar tão cedo e se expor tanto tempo lá.

— Se é que o senhor faz mesmo questão de comparecer, Dr. Tolentino. A repercussão foi por demais, não foi, Penalva?

— Foi por demais — confirmou o comissário.

Aos poucos, respondendo a uma e outra pergunta, ambos foram lhe dando uma ideia do que se passara. Mas havia certa reserva, sob aquela aparente consideração, que o deixou de sobreaviso. Omitiam vários detalhes: as vítimas despidas, no local do crime, como havia sido descoberto. Queriam dar a impressão de que se tratava de um assalto. Quando pedia mais esclarecimentos, desconversavam:

— Depois o senhor ficará sabendo de tudo.

Pensou em perguntar pelas crianças, mas a esta altura já não se arriscava a maiores indagações. Deviam estar a salvo, por ora alheias a tudo, na casa da irmã de Maria Lúcia.

Na delegacia, sentiu que o tratamento já não era exatamente o mesmo. Ofereceram-lhe café e não trouxeram. Deixaram-no esperando quase meia hora no gabinete do delegado. E este já não o tratava com tanta cerimônia:

— Dr. Tolentino, gostaria de saber umas coisinhas. O senhor já deve ter adivinhado que os dois morreram em circunstâncias muito comprometedoras. Pode ser penoso para o senhor, mas não tenho opção. E quanto mais cedo se livrar disso, melhor. Me perdoe a franqueza do que eu disser. Preciso esclarecer os fatos e não quero lhe esconder nada. Tudo o que me contar fica entre nós. O senhor pode me dizer que espécie de relação havia entre a sua mulher e seu sócio?

— Não era meu sócio — informou: — Eu apenas trabalho na firma. Era meu amigo.

O delegado sorriu, condescendente:

— E que amigo... Me desculpe, mas não é a primeira vez que um amigo... Não vem ao caso. Eu quero que o senhor me conte tudo que sabia.

— Eu não sabia de nada — ele deixou escapar, num repente de sinceridade: — Eram amantes, o senhor está querendo dizer? Não, eu não sabia de nada. Mas, como o senhor mesmo falou, não seria a primeira vez...

— E que espécie de relação havia entre ele e o senhor?

— A melhor possível. Tinha toda a confiança em mim — suspirou, resignado: — E eu nele...

O delegado ficou a olhá-lo, pensativo, e de súbito fez uma pergunta surpreendente, fora do rumo que a conversa ia tomando:

— Dr. Tolentino, me diga por favor o que é exatamente que o senhor está sentindo diante do que aconteceu. Pode se abrir comigo.

Ele procurou cautelosamente o que dizer:

— Bem, eu até agora não sei direito como isso pôde acontecer. E muito menos como aconteceu. Estou confuso, não tenho ideia nenhuma. Estou destroçado. Mas ao mesmo tempo com um sentimento de ódio dos dois. Ódio propriamente não, mas desgosto, repugnância, sei lá. A verdade é que não consigo até agora acreditar que tenha mesmo acontecido, ainda não voltei à realidade. Sou um homem calmo, controlado, como o senhor pode verificar, que nunca desejou mal a ninguém, mas há momentos na vida da gente que... Minha própria mulher... Meus filhos... Que será deles...

Enquanto falava, ia sendo levado pela emoção, aos poucos deixava de representar, para sentir realmente o que dizia. O delegado o observava, atento, sem perder uma só palavra. Aldo tinha lágrimas nos olhos, ao falar no filho mais velho:

— Está viajando, mas que será dele quando souber? Que respeito terá ao próprio pai, depois do que aconteceu?

— A culpa não é sua — e o delegado sacudiu a cabeça, penalizado: — Onde anda o rapaz?

— Lá pelo Norte: Recife, Olinda... não é mau menino. Questão de idade... O senhor sabe como são esses jovens de hoje: põem uma mochila nas costas e saem por aí. A última notícia que tive dele foi um cartão de Olinda.

— Ele já chegou — revelou o delegado.

Aldo foi apanhado de surpresa:

— Chegou? Chegou como? Quando? Até ontem à tarde, quando viajei...

— Chegou ontem à noite.

— E onde está ele? Já sabe do que aconteceu?

Eram perguntas sinceras que lhe acudiam atropeladamente, seu plano ia por água abaixo: um dado novo que surgia — aquele imprevisto que sempre põe tudo a perder.

— Ele está bem, pode ficar tranquilo.

— Não há nada contra ele, há?

— Que eu saiba, não. Por quê?

Era preciso recuperar o controle, ir com cautela.

— Porque ele é meu filho, preciso saber.

Ainda aturdido com a notícia, custava a se recuperar. Ou seria uma cilada daquele delegado, para que ele se traísse? Havia qualquer coisa de suspeito em tudo aquilo:

— Se sabe onde ele está, me diga. Gostaria de vê-lo.

— O senhor vai vê-lo, tenha calma. Cada coisa a seu tempo. Primeiro o enterro.

— Ele está em casa? Eu posso ir para casa?

— Como assim? — o delegado o olhou, espantado: — O senhor não está preso.

— Eu sei. Mas à vista do que aconteceu... A casa podia estar interditada.

O delegado concordou com a cabeça:

— É verdade. Mas a Perícia já fez tudo o que tinha de fazer.

— Foi mesmo um assalto? — ousou perguntar.

— Tudo indica — o outro tornou a sacudir a cabeça, sem convicção: — Passamos a noite inteira trabalhando lá. A casa já está liberada. E depois, é a sua casa, não? A menos que não queira ficar sozinho, depois do que aconteceu, prefira ir para a casa de um amigo, algum hotel...

Sozinho como? Paulo Sérgio havia ou não havia chegado? E não se lembrava no momento de mais um só amigo, era como se tivesse matado o último deles.

O delegado acrescentou:

— A propósito de hotel, vou precisar ainda de uns esclarecimentos sobre São Paulo, coisa de rotina. Aliás, mais tarde vamos ter que tomar oficialmente o seu depoimento e depois espero não importuná-lo mais.

— E quando vou saber exatamente tudo que aconteceu?

— Tem tempo. Nem nós mesmos sabemos — o delegado se ergueu: — Agora vamos, está na hora. Faço questão de levá-lo até o cemitério. A menos que o senhor prefira não ir.

9

A caminho do cemitério, Aldo perguntou se não podia passar em casa para trocar de roupa. Na realidade queria era deixar lá a maleta de viagem, que vinha carregando todo o tempo, com naturalidade, mas sem largá-la um só instante. Temia que, de uma hora para outra, o delegado quisesse ver o que continha, e estaria perdido — a secretária eletrônica o denunciaria. Nem ao menos se lembrara de apagar a mensagem para a telefonista do hotel, uma falha imperdoável no seu plano tão bem realizado. Atormentado com isso, não podia pensar direito no tormento maior que surgira, a notícia da volta de Paulo Sérgio. Não era de espantar que ele voltasse, podia acontecer de uma hora para outra, mas logo naquela noite! Em casa talvez tivesse oportunidade de apurar o que havia de verdade naquilo. E em que esse dado novo afetaria os seus planos.

Amarante ponderou que não daria tempo:

— Estamos em cima da hora. Não seria bom que chegasse cedo, mas também não convém chegar atrasado. O senhor está bem assim.

Teve de concordar: estava com a roupa com que fora à reunião na Financeira.

— E esta mala? — deixou escapar, logo se arrependeu: não devia chamar a atenção para ela.

— Pode deixar no carro.

E o delegado ponderou, a olhá-lo com o interesse de advogado pelo seu cliente:

— Para a opinião pública, é bom que o senhor compareça ao enterro. Pega bem.

Aldo mal ouviu, tamanha a sua apreensão. Aquela maleta ainda iria traí-lo. Ouviu Amarante recomendar ao motorista:

— Tome conta da mala do doutor.

Quando chegaram, o caixão, já fechado, ia deixando a capela. Antes assim, pensou, vendo-se cercado de gente desconhecida. Soldados da PM abriam caminho para eles, em meio ao tumulto. Amarante louvou a ideia que tivera de pedir reforço. Os jornalistas se misturavam com o povo, aos empurrões, todos tentando chegar até os dois, por cima de uma muralha de ombros, desfechando perguntas:

— Ele já depôs, delegado?

— Você vai ao outro enterro, Tolentino?

— Uma declaração, por favor.

Aldo percebeu que se tornara uma figura conhecida. Todo mundo sabia seu nome, sabiam da sua vida. Encolheu-se, assustado, temendo entrar em pânico. Tentava abrir caminho. O delegado erguia os braços com energia, pedindo calma:

— Parem com isso. Tenham compostura. Respeitem ao menos este lugar, por favor. Depois ele fala, prometo.

Momento mais difícil tiveram de enfrentar, à hora do enterro, quando os cortejos, saídos de capelas distantes uma da outra e cada um para o seu lado, cruzaram-se no meio do cemitério. Amarante amaldiçoou quem tivera aquela ideia funesta: na mesma hora e no mesmo cemitério! Ao ver Aldo, Sônia se desgarrou de parentes e amigos junto ao caixão do marido e veio correndo em sua direção. Houve um momento de tensão entre acompanhantes de um lado e outro, pois a impressão que se tinha era a de que ela ia agredi-lo. Mas Sônia caiu-lhe nos braços, soluçando:

— Como foi acontecer isso, meu querido.

Imediatamente se viram cercados. Um prato-feito para os repórteres e fotógrafos que se acotovelavam no meio da multidão, saltavam túmulos, subiam em mausoléus, pisoteavam sepulturas, entre comentários em voz alta:

— Chamou o marido da outra de meu querido.

— O filho está preso.

— O pai chegou de viagem, não sabia de nada.

— Veio buscar os chifres...

Com ajuda da guarnição, o delegado conseguiu arrancá-lo dali:

— Vamos embora — dizia, ofegante: — Isso é um massacre.

Aldo mal conseguiu vislumbrar um ou outro rosto conhecido entre os que o cercavam. Alguns acenavam para ele, uma mulher tentou abraçá-lo, era Margaret, outra se debruçou em seu ombro chorando, uma velhinha beijou-lhe a mão.

— E agora? — ele quis saber, respirando aliviado, ao se ver salvo, de novo no carro do delegado. A mala ali estava, aparentemente intocada.

— Agora, sugiro que a gente termine logo com isso. Para que você ainda hoje possa dormir em paz.

Aldo tornou a dizer que gostaria de passar antes em casa — ia acrescentando "para tomar um banho", mas corrigiu em tempo: para trocar de roupa. Não queria evocar aquele banheiro. E só pensava na maleta.

O delegado concordou:

— Podemos dar um pulo lá. É caminho.

Espantou-se ao ver o grupo de curiosos na sua rua, vizinhos na janela. Houve certa agitação quando ele chegou com o delegado, no carro da polícia, mas mantiveram-se a distância. A casa, toda fechada, parecia deserta. As empregadas estariam detidas? Preferiu não fazer qualquer pergunta — muito menos sobre Paulo Sérgio que, se de fato tivesse voltado, em casa é que não estaria. Havia um guarda no portão:

— Sem novidade, delegado — e ele se perfilou: — Tentei dispersar essa gente, mas sozinho não dá. Já esteve muito pior.

Amarante resolveu entrar também, embora ele assegurasse que não demoraria. Por que insistia em não largá-lo um só instante? Temia que ele se aproveitasse para fugir, ou fazer qualquer loucura, se suicidar? O que precisava era deixar a maleta em lugar seguro. Que policial é esse, que despreza um elemento tão importante? Bastaria abri-la para descobrir tudo.

Entraram, e o delegado se movia com a desenvoltura de quem conhecia bem o interior da casa. Aldo temeu que o homem quisesse subir também, acompanhá-lo até o quarto — já não era pouco ter de ir lá, ele próprio, depois do que acontecera. Haviam retirado os lençóis da cama, deixando o colchão à mostra — primeira coisa que percebeu. Fora isso, nenhum vestígio, tudo nos seus lugares. A rapidez com que agiram o surpreendeu. Não ousou entrar no banheiro, era demais para a sua resistência. Por um instante voltou-lhe a imagem dos dois corpos nus estirados no chão — evitou olhar. Guardou a maleta no armário, trocou rapidamente a roupa por outra mais leve e saiu, utilizando-se do banheiro das crianças para lavar as mãos e passar água no rosto. Convinha perguntar por elas — sua indiferença poderia causar estranheza. Olhou-se ao espelho e se achou velho, acabado.

Encontrou Amarante no escritório, examinando curiosamente os livros na estante:

— Já leu tudo isso?

— São livros de direito — informou: — Direito Civil. Só trabalho no civil, não trabalho no crime.

O silêncio no resto da casa era pesado, opressivo.

— O senhor poderia me dar notícia dos meninos? — perguntou, afinal.

— Estão com a sua cunhada.

— Eu imaginava.

— Ela achou melhor afastá-los daqui.

Dirigiu-se ao telefone — o mesmo que desencadeara tudo aquilo. A própria Marta atendeu — disse que não haviam ido ao colégio, ela achou melhor, mas estavam bem. Ainda não sabiam de nada.

Preferiu não falar com eles:

— É bom que fiquem com você estes dias. Amanhã passo aí para vê-los. Obrigado por tudo, Marta.

Pensou em falar no enterro, não a vira lá, nem sabia se havia ido. Mas sentia nas palavras dela certo tom frio, formal — então apenas murmurou qualquer coisa, lamentando o acontecido.

— Podemos ir — avisou ao delegado.

10

— Sabe de uma coisa, Dr. Tolentino? Pode parecer estranho, mas o marido traído desperta mais desprezo que a mulher e o amante. A não ser que ele se vingue.

Aonde ele queria chegar? De volta à delegacia, Amarante dera ordens para não ser interrompido, não estaria para ninguém. Em vez de se sentar à sua mesa, como para um interrogatório formal, acomodou-se numa das poltronas de couro velho e gasto de seu gabinete, convidando-o a fazer o mesmo. E ali estavam os dois como numa conversa entre amigos.

— Por causa disso, tem marido que mata, só para depois confessar que matou.

— Por causa disso o quê?

— Por causa da opinião dos outros. Para se resguardar, para recuperar sua autoestima. Ou para lavar sua honra, como tem quem prefira dizer. São crimes praticados em legítima defesa da honra, reconhecida juridicamente, conforme o senhor sabe. Levam sempre à absolvição.

Aldo permaneceu calado, à espera.

— O senhor acha que algum juiz ou algum jurado tem coragem de condenar um homem que fez o que ele próprio faria, nas mesmas circunstâncias?

O delegado calou-se um instante, olhinhos brilhantes:

— Depois, meu amigo — prosseguiu, num tom mais familiar —, como o senhor sabe, tem a célebre privação de sentidos de antigamente, hoje chamada de "domínio de violenta emoção". Mudou de nome mas no fundo é a mesma coisa: absolve todo mundo. Ninguém comete um crime desses a sangue-frio.

Como o delegado não dissesse mais nada, Aldo perguntou, afinal:

— A que vem tudo isso? Que é que o senhor quer saber? Pelo que me disse, precisava esclarecer umas tantas coisas.

— Quero esclarecer tudo. Comece pelo começo.

Para surpresa dele próprio, Aldo se viu falando de sua vida, com voz calma e pausada: narrou seu primeiro encontro com Maria Lúcia, numa festa, o namoro dos dois, o casamento, os filhos, e como viveram felizes durante dez anos, e como ultimamente o comportamento dela o preocupava, a sua instabilidade emocional, chegou a pensar num tratamento. E passou a falar nas relações com Marco Túlio: como se conheceram no foro, a ajuda que ele lhe deu, chamando-o para o seu escritório, e como se estimavam, a amizade entre os dois casais, que terminou de maneira tão trágica e inconcebível:

— Jamais poderia imaginar. Foi o choque da minha vida.

O delegado o escutava calado, olhos fechados, sacudindo a cabeça como quem concorda, mas sem aparentar muito interesse. Ao fim, disse apenas:

— O que eu quero saber é tudo que aconteceu de ontem para hoje.

— De ontem para hoje?

Tantas coisas haviam acontecido nas últimas vinte e quatro horas, que ele já nem sabia quando, nem como: sentia-se confuso, no momento em que mais precisava de lucidez, para não se trair. Parecia haver séculos desde que tudo aquilo começara. Sentia uma nuvem dentro da cabeça, como se tivesse bebido. E era preciso pensar com calma, bem concatenado, não contar nada além do necessário.

— Confesso que estou um pouco confuso.

— É natural — disse o delegado, com simpatia: — Mas faça um esforço. Talvez se eu ajudar sua memória... Já sei as circunstâncias que o levaram a São

Paulo. Dona Mirtes, a secretária lá do escritório, já prestou depoimento esta manhã, quanto a isso não creio que haja grande coisa a acrescentar. Comece pela viagem propriamente dita. A que horas embarcou?

Ali começava o que ele sabia de cor. Era só ficar atento e se sairia bem:

— Às cinco da tarde. Marco Túlio foi pessoalmente me levar ao Santos Dumont, aguardou até o momento em que o avião levantou voo.

— Por quê?

A pergunta do delegado o surpreendeu:

— Por quê? Bem, talvez quisesse ter a certeza de que eu havia embarcado.

— Como é que o senhor sabia? Estava a par do que havia entre ele e sua esposa, então?

— Não, não estava. Fiquei sabendo agora. E neste instante é que isto me ocorreu.

Precisava tomar cuidado com aquele homem: qualquer descuido seria fatal. E, pelo começo, via-se que iria pôr muitas armadilhas em seu caminho.

— A que horas chegou a São Paulo?

— Às dezessete horas e cinquenta minutos.

— Como é que o senhor sabe com tanta precisão?

— Ficou na minha memória: o comandante anunciou que o avião chegaria às dezessete horas e cinquenta minutos.

— E depois?

— Tomei um táxi e fui para o hotel.

— Que espécie de táxi?

— Que espécie de táxi? Bem, um táxi como outro qualquer. Nada de especial, que eu me lembre. O motorista era um japonês. Falamos de futebol.

— Chegou ao hotel às...

— Seis e meia, mais ou menos. Sei, porque estava interessado no jogo de ontem, pedi ao recepcionista que mandasse examinar a televisão. Coisa que detesto é futebol com imagem ruim, e televisão de hotel, o senhor sabe... Ele me atendeu com presteza, disse que também gostava de futebol. Chamava-se Belisário, se não me engano.

— Não seria Indalécio?

Dois pontos ganhos! O erro involuntário, como podia ter trocado o nome do homem? Pois aquilo dava veracidade à história, até parecia ter errado de propósito. E o delegado, ao corrigi-lo, revelando estar a par de tudo.

Passou a mão pela testa:

— Pode ser, não me lembro direito. Isso tem alguma importância?

— Nenhuma. Continue.

Contou que, no quarto, antes de atender ao técnico da televisão (não havia defeito, afinal), ou depois, não se lembrava, pediu à telefonista que o acordasse às nove e meia, hora do jogo, pois até lá ia descansar um pouco. A telefonista se chamava Elza.

— Como é que o senhor sabe?

Cuidado, que poderia contar um ponto contra — devia ter esperado que ele perguntasse:

— Sei, porque ela foi atenciosa comigo e então quis saber seu nome. Gosto das pessoas que me tratam bem, sou assim.

— Ela também torcia para o Botafogo — gracejou o delegado.

Mais um ponto a favor, o que quer que isso valesse: não se lembrava de haver dito que torcia para o Botafogo. Contornou a provocação, continuando sério:

— Guardei o nome, porque é o da minha primeira mulher.

— Eu falei nisso, porque torço para o Botafogo — tornou o delegado, agora também sério: — Assisti ao jogo aqui mesmo, na delegacia.

— Aqui? — Aldo anteviu um ponto a favor, naquele jogo em que ambos agora francamente se empenhavam: — Foi no Rio, e ainda assim mostraram aqui, pela televisão?

— Pelo rádio — emendou o delegado, salvando-se no último momento. — Que é que o senhor achou?

Aldo procurava conter a emoção que o perturbava, manter a cabeça fria a cada novo lance:

— Que achei do jogo? Bem, do Botafogo hoje em dia não se pode achar grande coisa.

— Eu digo do gol.

Outra cilada? Esta era elementar demais. Ou o delegado de fato não sabia?

— Não houve gol: terminou zero a zero.

— Houve um gol anulado.

— Também não houve. Aquilo não foi gol: a bola não chegou a entrar.

O delegado riu:

— Na opinião de botafoguense...

Ele continuou sério:

— Na repetição do lance deu para ver que não entrou.

Chegaram à estaca zero. Amarante tornou à ofensiva:

— Durante o jogo, a telefonista voltou a chamar?

— Não, porque avisei que não queria ser incomodado. E não seria, de qualquer maneira: verifiquei com ela no fim do jogo, e ninguém havia chamado.

— Avisou quando, precisamente?

— Às nove e meia, quando ela me acordou. O jogo estava começando. A bem dizer, começou cinco minutos atrasado.

Detalhe especioso, perfeitamente dispensável. Como bom advogado, deveria se lembrar que o excesso de informações pode comprometer um depoimento.

O delegado insistiu:

Quem é que poderia ter chamado?

— Sei lá. Marco Túlio, talvez, com alguma nova instrução para a reunião no dia seguinte. Ou minha mulher... Aliás, ia me esquecendo: telefonei para ela assim que cheguei ao hotel, para dizer que tinha feito boa viagem.

Fora bom isso: esquecer um detalhe importante, de que o delegado talvez já soubesse, e depois contá-lo espontaneamente.

— O senhor tornou a sair? A que horas foi dormir?

— Não, não saí mais. Estava com um pouco de fome, não havia jantado, a última coisa que tinha comido foi um lanche a bordo. Mas havia ainda uns pontos da reunião que eu queria rever, aquilo me deu sono, acabei dormindo. Pela manhã tomei um café reforçado. Depois do banho...

— Chega — cortou o delegado, se erguendo: — Por hoje é só.

— Por hoje?

— Bem, talvez ainda vá ser preciso mais algum esclarecimento. Contamos com a sua ajuda. E também para formalizar seu depoimento no inquérito. Que provavelmente não passará disso que contou. Só terá que assinar.

Amarante havia mudado nitidamente de atitude. Voltara a ser afável, polido.

— E meu filho, delegado? — perguntou então, erguendo-se também.

— Ele está em lugar seguro, bem resguardado. Por ora é tudo que lhe posso dizer.

— Mas o que há com ele? Resguardado de quê?

— Da opinião pública. O senhor sabe, hoje em dia o povo se revolta e até lincha por qualquer coisinha. Ainda mais açulado pela imprensa, como acontece.

— Mas Paulo Sérgio é um menino. Que é que há contra ele?

— Não é menor de idade: já está com dezenove anos. Não houve flagrante, portanto não foi preso, apenas detido para averiguações. Por enquanto não se pode dizer oficialmente que haja alguma coisa contra ele.

— Por enquanto? Poderá haver ainda?

O delegado admitiu gravemente:

— Pode ser. Nunca se sabe. Por ora não tenho elementos para afirmar.

— Mas não pode ter sido ele! — Aldo gritou, transtornado.

— Não se exalte. Ele está bem, amanhã o senhor poderá estar com ele.

O delegado o acompanhou até a porta.

— Pode ir em paz, Dr. Tolentino. Contra o senhor, estou convencido de que não há absolutamente nada. Isto eu posso afirmar com segurança.

Bateu-lhe nas costas, cordial:

— Perdoe se o molestei tanto, ainda mais numa hora como esta. São desgraças que podem acontecer a qualquer um de nós. Ainda bem que remorso, pelo menos, o senhor não precisa sentir. Mas eu tinha que ter certeza. O senhor, que é advogado, sabe como são essas coisas.

E Amarante apertou-lhe a mão, afirmando, num tom sincero:

— Sinto muito pelo que aconteceu. Eu acredito no senhor e não queria estar no seu lugar. Vá com Deus.

Aldo se sentiu comovido:

— Houve um momento em que o senhor duvidou de mim, não foi?

O delegado sorriu, constrangido.

— Bem, não é propriamente duvidar. O senhor custou muito a perguntar pelas crianças e achei estranho isso. Só depois é que vi que tinha elementos para imaginar que estariam bem. E não desistiu de ir ao enterro, embora eu sugerisse: outro marido qualquer teria preferido não se expor, em circunstâncias tão... constrangedoras, digamos assim. Na polícia a gente aprende a duvidar de tudo e de todos o tempo todo. Mas houve um momento sim... em que eu... Bem, agora posso revelar: a telefonista do hotel achou sua voz diferente ao acordá-lo. Cheguei a pensar que poderia ser outro homem, um cúmplice, imagine. A gente tem de pensar em tudo.

Aldo, gelado por dentro, fez força para sorrir:

— Quando eu acordo, em geral sou mesmo outro homem.

— Ainda mais para assistir a um jogo do nosso Botafogo — encerrou o delegado, acenando para ele, em despedida.

Afastou-se dali apavorado: que diabo de conversa era essa agora? Que haveria por detrás de tudo aquilo? Sentia que se saíra bem do interrogatório, talvez houvesse conseguido mesmo convencer o homem, mas em que momento se traíra, para ele vir dizer que haviam achado sua voz diferente? O envolvimento de seu filho, tratado como se fosse culpado, logo se resolveria: não tinha como se sustentar. Agora, era procurar se desfazer daquela maldita secretária eletrônica sem mais demora.

11

Comprou na banca os jornais do dia, inclusive os de escândalo, que estampavam as costumeiras manchetes grosseiras na primeira página. Algumas francamente obscenas, a foto dos corpos, em ângulos torpes. Dobrou-os, deixando para ler em casa. No táxi não conseguia esquecer o filho: era o que mais o preocupava. A única coisa que não estava em seus planos. Como o menino pudera voltar da viagem assim, sem mais nem menos! Chegasse um pouco antes e se teriam encontrado, possivelmente nada houvesse acontecido. Paulo Sérgio comprometido — jamais poderia imaginar. "Matou o rival e a mulher de seu pai", dizia uma das manchetes, cujo sentido custou a entender.

Ao chegar, verificou que o guarda se fora. Os curiosos, salvo um ou outro do lado oposto da rua, haviam se dispersado. Alguns vizinhos é que continuavam debruçados nas janelas, observando descaradamente a casa, embora já fosse noite, estava escuro. Ficaram um pouco alvoroçados quando ele entrou.

Antes de sentar-se para ler, tinha de cuidar da secretária eletrônica. Foi buscar a maleta, abriu-a — lá estava ela, intacta. Ninguém havia visto — pelo menos o delegado Amarante não viu. Apesar daquele seu comentário sobre voz diferente... Precisava dar cabo dela, mas como? Não era fácil se desfazer para sempre de um aparelho daqueles. Não poderia largá-la na rua ou atirá-la no terreno baldio, como fizera com a garrafa de urina — seria achada por alguém. Apenas escondê-la não resolvia — um dia acabariam encontrando, o que seria pior. Impossível atirá-la na lagoa ou no mar, sem testemunhas. Tinha de acabar com ela, destruí-la.

Isto: destruí-la. Muniu-se de uma chave de fenda e um martelo, trancou-se no escritório e tenazmente se empenhou em desmontá-la, quebrá-la, reduzi-la a pedaços. Em pouco não passava de um emaranhado de peças retorcidas e fragmentos de fita magnética no chão, sobre uma folha de jornal. Aquilo lhe fez lembrar o vômito, também numa folha de jornal, parecia haver já tanto tempo. Foi até a entrada de serviço e despejou tudo no fundo da lixeira, tendo o cuidado de encobrir com o lixo da véspera, ainda não recolhido. Nem o lixeiro aparecera naquele dia.

Ao passar pela cozinha, verificou que as empregadas continuavam ausentes. Não tinha ideia de onde estivessem, e pouco se incomodava: duas testemunhas a menos dentro de casa. Deviam ter sido ouvidas pela polícia, mas nada poderiam depor contra ele.

Já instalado na poltrona do escritório, passou a ler meticulosamente os jornais, um a um. Alguns detalhes o revoltaram, outros chegaram a provocar um sorriso de desdém. Mas o que ficou da leitura foi espanto e aflição. Não havia nada contra ele, que era apenas lembrado como mais uma vítima. O interrogatório do delegado teria sido, pois, apenas para confirmar. A viagem o inocentava — estava salvo. Mas já não se falava mais em assalto: nenhum vestígio de arrombamento, nem possibilidade de acesso ao interior da casa, a não ser para quem tivesse a chave. E nada fora roubado, tudo em seus lugares. A hipótese de um pacto de morte ou homicídio seguido de suicídio também havia sido afastada. Não se lembrara disto no seu plano, simular assalto ou suicídio, e nem poderia — pois não planejara matar ninguém. Em consequência, agora o seu filho era apontado como o culpado.

Paulo Sérgio havia chegado de sua viagem pouco depois do crime. Seu quarto era nos fundos, no andar térreo, mas subiu ao andar de cima ao ver a luz acesa, e deu com que os jornais chamavam de cena macabra, sinistra, horripilante. Cometeu a leviandade de apanhar no chão a pistola, acreditando que o assassino ainda podia estar no interior da casa e, assim armado, pudesse dominá-lo. Percorreu a casa inteira, e não descobrindo ninguém, além das crianças que dormiam, as empregadas estando ausentes, de folga — telefonou para a polícia, que o encontrou completamente desarvorado, de arma ainda na mão.

Esta, a versão do assassino — e os jornais passavam a fazer as suposições mais sórdidas: mantinha relações com a própria madrasta; surpreendendo-a com outro, na ausência do pai, tomou a arma do rival e abateu ambos a sangue-frio. A vítima era "um advogado de renome, com largo círculo de relações nos meios sociais", etc.

Largou o último jornal, nauseado. E agora? Em sua cabeça atormentada desfilavam imagens desconexas, uma visão caleidoscópica do que acontecera naqueles dois dias. Até mesmo uma manchete em letras enormes se compunha na sua imaginação: "Pagou pelo crime do próprio pai". Não podia mais de aflição: o mundo se abatia sobre ele, sentia que ia desmaiar, morrer.

Procurou reagir, aprumando-se na poltrona. Antes de mais nada, comer alguma coisa. Aquela sensação de vazio, aquele abismo em que se sentia despenhar, aquela vertigem — devia ser fome. Consultou o relógio — dez horas da noite. Não comera nada desde a manhã, ainda em São Paulo. A reunião na Financeira, Dona Mirtes ao telefone, o detetive no hotel, a viagem, a Delegacia de Homicídios, o enterro, o interrogatório — quanta coisa para um só dia! Sentia-se exausto.

Ergueu-se, meio cambaleante, foi à cozinha, escolheu na geladeira algo para comer: um pedaço de queijo, uma fruta, um refrigerante e ainda alguns biscoitos das crianças, que encontrou no armário. Não se deteve muito em pensar nelas — sentia-se reconfortado depois de haver comido, mas o cansaço o abateu. Agora era dormir, para enfrentar o dia seguinte — e não era verdade que havia descansado em São Paulo, como dissera, passou a noite praticamente em claro naquele hotel. Mas dormir como, se não sentia sono? E não teria coragem nem de entrar naquele quarto, quanto mais passar a noite lá. Dali de baixo, ao pé da escada, pareceu-lhe ouvir um ruído de vozes vindo lá de cima, vozes e risos, água caindo... Lembrou-se do calmante que tomava de vez em quando em suas noites insones. Apanhou o vidro no armário da copa, quase cheio, tomou dois comprimidos de uma vez.

Voltou ao escritório. Procurou ainda nos jornais alguma coisa que lhe houvesse escapado. Em pouco as pálpebras pesavam, a cabeça tombava de sono. Então tirou os sapatos, estendeu-se ao comprido no sofá e adormeceu.

12

Acordou sobressaltado, sem saber onde estava. Olhou o relógio: nove horas! Dormira cerca de onze horas seguidas. Sentia-se outro, descansado, refeito das emoções daqueles dias. Mal se lembrava, como num sonho mau.

Subiu distraidamente a escada e se deu conta de que tivera coragem de enfrentar o quarto e o banheiro, quando já se encontrava debaixo do chuveiro — o mesmo em que os dois estiveram tomando banho juntos, antes de morrer. Havia, pois, vencido mais aquela barreira: agora, era como se não tivesse nada a ver com aquilo.

Vestiu-se, sem estranhar a ausência de Maria Lúcia — estava acostumado às suas constantes saídas. Antes de descer, teve a coragem de ir olhar o tapete junto da cama: nenhuma mancha.

As empregadas continuavam ausentes. Fez ele próprio o café, tomou-o com o que estava habituado a comer todos os dias. Era a hora em que costumava sair. Resolveu ir ao escritório, enfrentar também aquela barreira, o reinício de sua vida. Lembrou-se de Paulo Sérgio, mas afastou o pensamento: sentia que aquilo também se resolveria logo.

Ao sair, verificou de passagem, aliviado, que o lixo fora recolhido, nada havia na lixeira.

No elevador, as pessoas o olhavam, curiosas. O cabineiro, ar penalizado, ousou cumprimentá-lo timidamente:

— Meus sentimentos, Dr. Tolentino.

Encontrou apenas o Manoel no seu posto. Dona Mirtes não havia chegado. Nem os auxiliares do escritório, na sala de assessoria.

— Ninguém apareceu desde... desde anteontem — gaguejou Manoel, olhos arregalados para ele.

Mandou o contínuo comprar jornais e aproveitou para repor a carteira de identidade no bolso do seu paletó. Era possível que nem tivesse dado pela falta. Sorriu, pensando que o pobre homem, por falta de documento, é que correra risco de acabar preso.

Trancado em sua sala, verificou que os jornais, na sua maioria, nada acrescentavam de novo, senão mais detalhes escabrosos. Mas num deles, menos escandaloso, havia quase duas páginas compactas de matéria sobre "o duplo assassinato", ilustrada com uma grande foto de sua mulher, em pose de estúdio, queixo quase sobre o ombro nu, com uma dedicatória para ele: "Ao meu querido Aldo, com o amor da sua Maria Lúcia". Reconheceu logo: era a que ficava no porta-retratos sobre a mesinha da sala de estar, o repórter certamente a furtara. Havia outras, menores: a de Marco Túlio, em trajes esportivos, raquete de tênis na mão; a sua própria, um retrato de carteira, como de um criminoso, onde teriam conseguido? E encimando o noticiário, um jovem de barba como qualquer outro de sua idade, seu filho Paulo Sérgio, "o indigitado assassino". Quanto ao pai, "não passava de vítima inocente daquela tragédia que envolvia de uma só vez sua mulher, seu melhor amigo e seu próprio filho".

Na outra página, a longa entrevista concedida pelo titular da Delegacia de Homicídios. Aldo passou avidamente a ler. Era um relato completo de tudo. Entre outras coisas, dizia que Dona Mirtes Fagundes Lindé, de 48 anos, funcionária do escritório de advocacia dirigido pelo causídico assassinado, havia afirmado em suas declarações que de longa data o patrão mantinha relações íntimas com a esposa de seu colega e amigo, chegando mesmo a ter com ela encontros secretos no próprio escritório, durante as ausências do marido. Este, segundo a referida funcionária, fora deliberadamente afastado do Rio pelo amante de sua mulher, para que ambos pudessem passar a noite juntos.

Por isto é que ela não tinha mais aparecido no escritório — concluiu Aldo, sentindo ódio da mulher, como se ela fosse culpada de tudo. As empregadas faziam a defesa dele: não havia patrão melhor no mundo — educado, correto, delicado. E desancavam Maria Lúcia: fútil, leviana, descuidada, deixava as crianças praticamente abandonadas, não tinha a menor autoridade dentro de casa. E uma delas fazia referências a Paulo Sérgio, um marginal que um dia até quisera possuí-la. As duas também haviam sido detidas para averiguações — podia imaginar o que não sofreram até serem dispensadas, por não se ter apurado nada contra elas.

E o delegado Amarante prosseguia a sua entrevista, relatando em todos os detalhes o duplo homicídio "que a polícia solucionou tão eficazmente em tempo recorde". Afastadas as hipóteses do assalto ou suicídio e comprovada a inocência do marido, as atenções se concentraram no verdadeiro culpado. Detinha-se em analisar a personalidade de Paulo Sérgio, afirmando tratar-se de um jovem aparentemente dócil e de boa índole, mas que na realidade não herdara as virtudes do pai: atormentado por problemas, dado às drogas, acabou por manifestar uma fixação sexual na esposa do próprio pai. Naquela noite, ao regressar de suas andanças sem rumo, pedindo carona a um e outro pelas estradas — abandonara os estudos e não se preparou para qualquer ofício ou profissão —, encontrou a madrasta nos braços de outro e abateu ambos a tiros, usando para isto a arma do rival. E terminava lastimando que, na confusão do momento, a polícia não houvesse lavrado o flagrante, o que teria facilitado as coisas — mas que já havia requerido a prisão preventiva, e o homicida "seria colocado à disposição da Justiça, a fim de pagar pelo seu crime".

Sem esperar mais, Aldo, desatinado, atirou longe o jornal e saiu dali direto para a Delegacia de Homicídios.

— Quero confessar tudo — foi dizendo ao delegado, assim que o viu.

13

Quando Aldo afinal se calou, Amarante, a ouvi-lo até ali de cabeça baixa e olhos cerrados, como era hábito seu, encarou-o fixamente:

— Respeito a sua atitude, Dr. Tolentino. E não tenho vergonha de confessar que ela me enche de admiração pelo senhor. Também sou pai, e espero que Deus me poupe de jamais estar em situação semelhante à sua. Mas, sinceramente, eu não sei se, em seu lugar, seria capaz de fazer o mesmo.

Desconcertado, Aldo o olhava, sem entender.

— Vou lhe dizer com toda a franqueza: sua história é inteligente, muito bem arquitetada, talvez um pouco bem demais, e por isso mesmo totalmente inverossímil. Para um velho policial como eu, há pontos nela que não convencem nem a uma criança.

— Não compreendo — balbuciou Aldo, perplexo. — Pois se é a expressão da verdade, se venho aqui confessar que fui eu, contar tudo como se passou...

— Vamos por partes. A começar pelo que se refere à sua incerteza em relação à esposa, a necessidade de espioná-la, saber a verdade, a vergonha ao executar o plano, o choque ao descobrir. Pois lhe digo que não tem de que se envergonhar: é um direito que assiste a qualquer um, o de tentar saber a verdade. Nós aqui na polícia não fazemos outra coisa. Até aí tudo bem, qualquer marido está sujeito a isso. E eu acredito em tudo que o senhor disse. Mas daí a querer que eu acredite no resto, vai uma grande distância. Tenha paciência, meu caro, mas pensa que eu nasci ontem? Não vê que não faz o menor sentido?

— Que é que não faz sentido? — perguntou Aldo, confuso.

— Por exemplo: a cronologia da sua versão. O senhor não conseguirá convencer ninguém com essa habilidosa trama de romance policial. Vir ao Rio, praticar o crime e voltar a São Paulo, como se não tivesse saído de lá. Simplesmente não dava tempo.

— Tanto dava, que deu — insistiu Aldo, impaciente, lastimando ter jogado fora o talão dos bilhetes de viagem: — Eu podia ter voltado até na manhã seguinte, dava na mesma, desde que entrasse no hotel sem ser visto. Mas tive sorte: ainda alcancei o avião das dez. Já lhe disse que tomei o das oito, às nove estava no Rio, o táxi levou quinze minutos...

O outro o interrompeu:

— Como é que o senhor pode ter tomado o avião das oito e voltado no das dez, se de nove e meia em diante estava vendo o jogo pela televisão em São Paulo? Tudo isso já foi confirmado. O pessoal de lá trabalhou rápido, eu tenho de reconhecer. O homem da televisão declarou que esteve em seu quarto examinando o aparelho no momento de se iniciar a transmissão.

— Engano dele: esteve muito antes — e Aldo sacudiu a cabeça, desanimado: — Examinou o de outros quartos e naturalmente se confundiu.

Amarante prosseguia, sem escutar:

— Por acaso tem o dom da ubiquidade? Essa de ter ouvido o jogo pelo rádio, por exemplo, é a maior. Sabe de onde tirou essa ideia? Eu é que ouvi pelo rádio e lhe contei, se lembra? E não ouvi na hora não, ouvi depois: requisitei a gravação, só para poder testar. O tal gol que não entrou, só quem viu na televisão podia saber. Eu, por exemplo, não sabia e continuei não sabendo. Não é por me gabar, mas o senhor não conseguiria me passar essa assim tão facilmente. Outros mais espertos já tentaram.

Fez uma pausa, a esperar que Aldo se convencesse do que havia dito, e continuou:

— Cheguei a desconfiar daquele período entre a sua chegada no hotel e o começo do jogo, em que o senhor descansou. Dizer que o jogo começou cinco minutos atrasado foi um pouco forte para o meu gosto: estava sabendo demais. Eu é que não estava sabendo ainda dessa sua mania escrupulosa de detalhes. Pois olhe, lhe digo mais: pode ser até que não tenha descansado, haja feito outra coisa mais, ficou lendo, trabalhando, coçando o saco, ou fazendo sabe Deus o que, e tenha mentido neste ponto, sabe Deus com que razão. Não interessa: o fato é que estava lá das nove e meia em diante, portanto na hora do crime, atendeu o telefone, não botou o pé na rua. Está tudo checado, conferido e reconferido. Temos o depoimento da recepção, ninguém o viu sair nem entrar, por ali não passa ninguém sem que eles vejam. Só se saiu pela janela. Temos o da telefonista, com quem o senhor falou antes e depois do jogo.

— Eu disse que a secretária eletrônica...

— Já vem o senhor de novo com essa história ridícula de secretária eletrônica — cortou Amarante, impaciente. — Não sabe que essas coisas só funcionam no cinema? Pois então me prove. Me traga aqui essa secretária eletrônica e me prove.

E para si mesmo, em tom cético:

— Uma telefonista conversar com uma gravação. Para cima de mim?

Voltou-se vivamente para ele:

— Vá à sua casa buscar, vá. Mando um carro levar e trazer o senhor. Pode ser que me convença. Quero ver essa máquina prodigiosa que conversa como gente.

Dizer agora o que fizera com ela não adiantava. Aldo se sentiu perdido. Começava a perceber que o seu plano, tão exaustivamente concebido e executado, até mesmo com o imprevisto do crime que não chegou a premeditar, era um álibi de tal maneira perfeito que não havia como destruí-lo — faca de dois gumes, capaz de salvá-lo mas de ser a perdição de seu filho.

— O senhor mesmo disse que a telefonista estranhou a minha voz — ele tentou ainda.

O delegado não o deixou ir adiante:

— Invenção minha — revelou, categórico. — Àquela altura eu ainda desconfiava. Vinha muito na frente na sua história, já pensando, como eu disse, que seria capaz de ter deixado um cúmplice no hotel. Cúmplice que poderia até ser o seu próprio filho! se naquela hora, ele sim! já não tivesse regressado para acabar praticando o crime. Deus sabe o que se passa na cabeça de um policial. Deus ou o diabo, se prefere.

E com ar de quem concede um último argumento:

— Por exemplo: esse negócio de ter vindo no voo das oito da noite, com o nome do contínuo. Posso verificar, se quiser. Não é difícil. Temos aqui a lista de todos os passageiros da ponte aérea naquela noite. Quer ver?

Foi até a porta, chamou o comissário:

— Penalva, me traga por favor a lista do voo das vinte horas da ponte aérea São Paulo-Rio na noite do crime.

Ficaram em silêncio, à espera: o delegado fazendo-se de ocupado com uns papéis em sua mesa, Aldo sentado em frente, erecto na cadeira, tenso, aguardando — era a sua última esperança.

— Aqui está — o comissário passou a lista ao superior e empertigou-se: — Quer só o das vinte horas ou as outras também?

— Como é mesmo o nome? Manoel dos Santos? — e o delegado sem ouvir, óculos quase à ponta do nariz, já percorria a lista de cima a baixo, curioso. Ao fim, surpreendido, deu uma risada:

— Essa não: nada menos que três Manoel dos Santos nesse voo! Só que um é dos Santos Filho... Podia ter inventado um nome mais original, meu caro.

O outro gume da faca — e na viagem de volta a São Paulo não fizera reserva, ficara feliz de nem ao menos lhe pedirem identidade.

O delegado passou a lista ao comissário e o despachou:

— Não adianta, Dr. Tolentino. Podemos ficar nisso o resto da vida que o senhor não me convence. Até lhe peço que não insista. É penoso demais para o senhor, mas um pouco também para mim. Com isso, está conseguindo apenas uma coisa que eu já nem sabia mais que existia, depois de tantos anos de polícia: está conseguindo mexer com meus sentimentos. Não se martirize mais, e, por favor, me poupe. Eu tenho motivos mais sérios para não acreditar nessa sua "confissão", além da própria inconsistência dela. Já não é pouco testemunhar o que se passa por aqui. Vamos fazer o possível e o impossível para que tudo corra bem com o rapaz, prometo. Também sou pai, já lhe disse. E não pense que isto é conversa de tira, para embromar. Meu respeito pelo senhor vai um pouco além. Hoje aprendi a conhecê-lo um pouco melhor. Depois do que tentou fazer pelo seu filho, já nem sei... Me dá vontade de nem esperar minha aposentadoria, largar de uma vez esta merda de vida.

Voltou-se para Aldo gravemente:

— Ele confessou tudo esta madrugada.

14

Paulo Sérgio entrou na sala conduzido pelo próprio delegado:

— O que eu prometi, eu cumpro.

Haviam-lhe aparado o cabelo, e sem a barba descuidada com que já se acostumara, o rosto muito branco, é que Aldo podia ver como seu filho ainda era menino. Estava abatido e meio trôpego, com uma camiseta nova um pouco larga para ele, cuja brancura destoava do jeans todo manchado e do tênis meio roto que trazia nos pés.

— Só que agora, já estando à disposição da Justiça, tenho de cumprir a lei — acrescentou Amarante: — Não está incomunicável, mas não pode receber visitas a sós.

— Que lei é essa? — protestou Aldo, indignado. — Isso é uma arbitrariedade. Eu sou o pai dele! Ele vai precisar de um advogado. Já tem advogado?

— O senhor é advogado, Dr. Tolentino. Se esqueceu?

— Pois então? Sou advogado, conheço a lei.

— Acalme-se. Estou aqui para ajudar e não para criar mais problemas para vocês. Acho que já me conhece um pouco.

— Conheço e não confio.

Amarante deu de ombros e sentou-se à sua mesa. Logo deixava cair a cabeça, olhos fechados, como sempre. Mais calmo, Aldo concluiu que pouco adiantava sair o delegado: algum tempo antes lhe trouxera uns papéis para assinar.

— Que é isso?

— Seu depoimento.

— Meu depoimento? Mas ainda não prestei depoimento nenhum.

— Como não prestou? Olhe aí. Aquela nossa conversa de ontem. Não a de hoje...

Lera rapidamente o que lhe era apresentado: uma transcrição fiel de tudo que havia dito na véspera, naquela mesma sala, só que em linguagem formal. O que significava que havia ali dentro um gravador. E o delegado duvidando de sua secretária eletrônica.

O jovem permanecia parado à sua frente, sem olhar para lugar nenhum. Não sabia o que lhe dizer — a emoção não deixava Aldo falar.

— Vamos sentar um pouco — balbuciou afinal, apontando as poltronas.

— Prefiro ficar de pé — respondeu o filho, em voz baixa.

— Queria conversar um pouco com você sobre... sobre... Você está bem?

O jovem baixou os olhos e fez um gesto de quem diz: como você está vendo.

— Está precisando de alguma coisa?

Obteve como resposta apenas um ligeiro sinal negativo com a cabeça. Ousou ir mais longe:

— Fizeram alguma coisa com você, meu filho? Te maltrataram?

O filho permaneceu em silêncio, olhos baixos.

— Eu soube que você confessou tudo esta noite, é verdade? Foi à força? Te obrigaram?

Nenhuma resposta.

— Confessou o que você não fez — Aldo insistiu: — Você disse que era culpado?

— O que eu disse, eu disse — murmurou o filho, a voz quase inaudível.

— Por que você fez isso, Paulo Sérgio? — e o pai deu um passo em direção a ele, perturbado: — Diga ao menos uma palavra a seu pai.

A palavra que ele pedia não veio. Paulo Sérgio sempre olhando para baixo, como se estivesse distraído com alguma coisa no chão.

— Paulo Sérgio — e Aldo apertou os lábios, respirou fundo antes de falar: — Você sabe que fui eu, não foi você.

O jovem ergueu finalmente os olhos claros — os olhos de Elza — e sempre em silêncio fixou nele um olhar sereno, transparente.

— Meu filho — ele balbuciou, num soluço, e, tomado de emoção, tentou abraçá-lo. O filho se esquivou com delicadeza, voltando-se para o delegado:

— Eu quero ir agora — pediu.

Como se acordasse ao chamado, o delegado se ergueu e veio lá de sua mesa. Tomou-o pelo braço e o conduziu para fora da sala.

Em pouco tempo voltava:

— Ele está um pouco fora de si, é natural. Esgotado mesmo, depois da noite que passou. Por isto é que fiz questão de ficar aqui, de sobreaviso. Logo ele vai se sentir mais aliviado. Acontece com todos, depois que confessam. É como sair de um pesadelo. Ninguém aguenta mentir o tempo todo. Mas não pense que ele foi maltratado aqui dentro, que a confissão foi extorquida, como muitos costumam alegar em juízo. Contou tudo direitinho, docemente, e olhe, Dr. Tolentino, gosto desse menino. Posso lhe assegurar uma coisa: há muito elemento na confissão dele que pode servir de atenuante. O senhor que é advogado...

— Basta — cortou Aldo com rispidez: — Quando é que se encerra o inquérito?

— Foi encerrado esta manhã. Não havia mais nada a apurar. Foi dos mais rápidos que tivemos. Vai ser encaminhado ainda hoje.

— Vou requerer *habeas corpus* para ele responder o processo em liberdade.

— O senhor vai assumir o caso?

— Quero uma certidão da confissão — continuou Aldo, sem ouvir.

— Bem, se ele quiser lhe passar procuração...

— E eu quero também... quero...

Aldo não suportou mais: deixou-se cair na poltrona, cobriu o rosto com as mãos e se entregou a uma crise convulsiva de choro. O delegado saiu da sala e em pouco voltava com um copo d'água e dois comprimidos:

— Tome isto, Dr. Tolentino. Tome, que vai lhe fazer bem. Eu mesmo disse que era demais para o senhor. Até mesmo para mim... Daqui por diante vai precisar ficar com a cabeça fria para poder ajudar o seu rapaz. Olhe, seria interessante desde já arranjar para ele alguém de experiência, já que esta não é a sua especialidade. O caso dele não é tão ruim assim. Como lhe disse, há possibilidade de atenuantes. Ele não tem antecedentes... Já vi casos piores.

Aldo se ergueu, enxugando o rosto, se recompôs. Aceitou o calmante que o outro lhe oferecia:

— Obrigado. Isso passa. Eu vou-me embora. Não há mesmo nada a fazer.

Ao deixar a delegacia, andou um pouco pela rua, sem saber que direção tomar. Não tinha destino certo, nem ideia de onde ir. Pensou em passar no foro, encontrar alguém que o orientasse em relação ao caso. Desanimado, acabou se sentando num banco de praça e se deixou ficar, a cabeça vazia, incapaz de qualquer pensamento lógico, concatenado. Ao fim de algum tempo começou a chover e ele conseguiu vencer aquele torpor: ergueu-se, tomou um táxi e seguiu para casa.

Sentou-se na poltrona do escritório e esperou, como naquele dia em que tudo começara. Só que agora não havia o que esperar: a porta estava aberta, não tinha ninguém em casa, tudo silencioso, deserto. Os dois corpos nus no chão do quarto. Lá fora o dia, escuro e chuvoso, tornava ainda mais densa a sensação de abandono em que se achava. Devia ser aquele remédio que tomara — pensou ainda, antes de adormecer.

A campainha do telefone parecia vir de muito longe, e penetrava seu sono, se repetindo insistente, implacável. Acordou aturdido, sem entender, a cabeça oca, vendo-se no escuro — lá fora já era noite e continuava chovendo. Quantas horas teria dormido? Só então tomou consciência do telefone sempre tocando a seu lado. Tirou o fone, levou-o ao ouvido.

— Alô, Dr. Tolentino?

Custou a reconhecer a voz do delegado, e mais ainda a entender o que ele queria dizer, cheio de cuidados e rodeios.

— Diga logo — resmungou.

O delegado informou que Paulo Sérgio havia se enforcado com a camiseta em sua cela.

— Vou já para aí.

Em vez de sair, foi até a copa, ainda sonolento, apanhou o vidro no armário e tomou todos os comprimidos. Depois voltou ao escritório, estendeu-se no sofá e em pouco voltava a dormir.

OBRAS DO AUTOR

Editora Ática

A vitória da infância, crônicas e histórias – *Martini seco*, novela – *O bom ladrão*, novela – *Os restos mortais*, novela – *A nudez da verdade*, novela – *O outro gume da faca*, novela – *Um corpo de mulher*, novela – *O homem feito*, novela – *Amor de Capitu*, recriação literária – *Cara ou coroa?*, seleção infantojuvenil – *Duas novelas de amor*, novelas – *O evangelho das crianças*, leitura dos evangelhos.

Editora Record

Os grilos não cantam mais, contos – *A marca*, novela – *A cidade vazia*, crônicas de Nova York – *A vida real*, novelas – *Lugares-comuns*, dicionário – *O encontro marcado*, romance – *O homem nu*, contos e crônicas – *A mulher do vizinho*, crônicas – *A companheira de viagem*, contos e crônicas – *A inglesa deslumbrada*, crônicas – *Gente*, crônicas e reminiscências – *Deixa o Alfredo falar!*, crônicas e histórias – *O encontro das águas*, crônica sobre Manaus – *O grande mentecapto*, romance – *A falta que ela me faz*, contos e crônicas – *O menino no espelho*, romance – *O gato sou eu*, contos e crônicas – *O tabuleiro de damas*, esboço de autobiografia – *De cabeça para baixo*, relatos de viagem – *A volta por cima*, crônicas e histórias – *Zélia, uma paixão*, romance-biografia – *Aqui estamos todos nus*, novelas – *A faca de dois gumes*, novelas – *Os melhores contos*, seleção – *As melhores histórias*, seleção – *As melhores crônicas*, seleção – *Com a graça de Deus*, "leitura fiel do evangelho segundo o humor de Jesus" – *Macacos me mordam*, conto em edição infantil, ilustrações de Apon – *A chave do enigma*, crônicas, histórias e casos mineiros – *No fim dá certo*, crônicas e histórias – *O galo músico*, contos e novelas – *Cartas perto do coração*, correspondência com Clarice Lispector – *Livro aberto*, "páginas soltas ao longo do tempo" – *Cartas na mesa*, "aos três parceiros, amigos para sempre, Hélio Pellegrino, Otto Lara Resende, Paulo Mendes Campos" – *Cartas a um jovem escritor e suas respostas*, correspondência com Mário de Andrade – *Os movimentos simulados*, romance.

Editora Berlendis & Vertecchia
O pintor que pintou o sete, história infantil inspirada nos quadros de Carlos Scliar.

Editora Rocco
Uma ameaça de morte, conto policial juvenil – *Os caçadores de mentira*, história infantil.

Editora Ediouro
Maneco mau e os elefantes, história infantil – *Bolofofos e finifinos*, novela infantojuvenil.

Editora Nova Aguilar
Obra reunida.